KB118205

무명시인
함명춘 시집

문학동네시인선 074 함명춘

무명시인

시인의 말

작가 최인호가 말했다.
"명춘아, 너 세상에서 제일 어려운 게 뭔 줄 아니?"

내가 말했다.
"음, 사랑이요 아니 믿음이요."

작가 최인호가 말했다.
"아니다 죽는 거다."

우린 말없이 걸었다.

2015년 11월
함명춘

차례

고요 일가(一家)

길을 잃고 별빛 한 점 없는
빼곡한 어둠의 나뭇가지 사이를
떠도는 고래처럼 유난히 덩치가 크고
느릿느릿한 고요 일가, 어디선가
손마다 파란 불꽃을 피워놓고 몰려온 물푸레나무들이
양초처럼 제 몸을 태워
그들에게 환한 길을 내어준다
산 너머 바다가 딸린 집에 오롯이 가닿을 때까지
물푸레나무에서 촛농 같은 나뭇잎이
뚝뚝 떨어지고 있다

오리부부나무

아주 옛날, 오리 부부가 살았습니다
남편 오리는 언제나 붕어와 풀씨를 물어다줬습니다
비바람이 치면 보자기처럼 날갯죽지를 펼쳐 품어줬습니다
몇 년이 지났는지 아무도 모르는 세월
점점 몸이 말라가다가 남편 오리도 끝내 숨을 거뒀지만
자신이 죽은 것조차 모르는 남편 오리는 또
아내 오리를 위해 붕어와 풀씨를 물어다줬습니다
들고양이나 족제비가 나타나면 목숨을 걸고 지켜줬습니다
저수지처럼 마를 줄 모르는 사랑, 넘쳐서 하늘에 닿았는지
밤마다 별들이 소리없이 눈물을 쏟다 돌아가곤 했습니다
그렇게 몇 년이 지났는지 아무도 모르는 세월
그 자리엔 한 쌍의 나무가 자라고 있었습니다
사람들은 그 나무를 오리부부나무라 불렀습니다
비바람이 치면 날갯죽지로 품어주는 것이었습니다
서로를 밀며 오리 궁둥이같이 기우뚱기우뚱
하늘을 향해 오르는 것이었습니다

분천역에서

이백 평은 무슨, 내 꿈은
백 평에서도 한참 빠지는 땅 위에
손바닥만한 흙집 짓고, 마당 한쪽
손금처럼 흐르는 밭고랑에 상추며 고추를 심어보는 거
울타리에서 지붕까지 수세미가 영글어가고
가객처럼 하루 세 번 기차가 집 앞을 지나며
부르고 가는 한 소절의 노래에 두 귀를 열어보는 거
하늘에 구름 한 점 없는 날이면
언제나 마당을 채우는 햇볕의자에 앉아서
한 번도 자본 적 없는 긴 잠을 자보고
기찻길 건너 유리알 같은 강물을 깨고 들어가
견지 낚싯줄로 은어의 심금을 울렸다 달래보는 일
일 년은 무슨, 삼 개월에서도 한참 빠지는 날만이라도
세상에서 키워왔던 잔시름 뒷동산에 벗어던지고
참새 같은 마누라, 다람쥐 같은 자식들도 저리 가라
먹고사는 일에 저만큼 떠밀린 시(詩) 한번 써보고
기척이라곤 소달구지처럼 삐걱거리는 바람 소리뿐인
저 먼짓길 끝까지 갔다가 돌아와보는 거
천치같이 잊지 못한 숙(淑)이 생각에 몇 번 울다가
그리움이 주소인 듯 배달되지 못한 채
세상을 떠도는 바람의 편지를 한번 대필해보는 거
하나둘 햇볕의자를 거둬들이는 저녁이 오면
울타리에서 지붕까지 영글어가는 수세미와 함께

벌써 한 달을 아무도 내리는 이 없는 간이역 같은
내 가슴에 환한 달빛이 내려앉기를 기다려보는 거

무명시인

그는 갔다 눈도 추운 듯 호호 손을 불며 내리는 어느 겨울,
가진 것이라곤 푸른 노트와 몇 자루의 연필밖엔 없었던
난 그가 연필을 내려놓은 것을 본 적이 없다
아니, 한 두어 번 부러진 연필을 깎을 때였을까
그가 연필을 들고 있을 때만큼은 언제나
바나나 같은 향기가 손에 와 잡히곤 하였다
그는 마을 어귀 가장 낮은 집에서 살고 있었다
마당엔 잎이 무성한 나무 한 그루가 서 있었다
밤낮없이 그는 푸른 노트에 무언가를 적어넣었다, 그러면
나비와 새 들이 하늘에서 날아와 읽고 돌아가곤 했다
그런 그를 사람들은 시인이라 불렀다 하지만
그가 어디에서 왔는지 이름은 뭔지 아무도 알 수 없었다
인기척이라곤 낙엽 같은 노트를 찢어대는 소리일 뿐
아니, 밤보다 깊은 울음소릴 몇 번 들은 적이 있었을까
난 그의 글을 읽어본 적이 없다 하기야
나무와 새와 바람과 별 들이 그의 유일한 독자였으니
세상을 위해 쓴 게 아니라 세상을 버리기 위해 쓴 시처럼
난 그가 집 밖을 나온 것을 본 적이 없다
잠자는 것을 본 적이 없다 먹는 것도 본 적이 없다
밤낮없이 그는 푸른 노트에 무언가를 자꾸 적어넣었다
더이상 쓸 수 없을 만큼 연필심이 다 닳았을 때
담벼락에 도무지 읽을 수 없는 몇 줄의 시를 새겨넣고
그는 갔다 눈도 추운 듯 호호 손을 불며 내리는 어느 겨울

끝내 그의 마지막 시는 세상 사람들을 감동시키지 못했다 ─
그 몇 줄의 시를 읽을 수 있는 것들만 주위를 맴돌았다
어떤 날은 바람과 구름이 한참을 읽다가 무릎을 치며 갔다
누군가는 그 글이 그가 이 세상에 처음이자 마지막으로
발표한 시라 하고
또 누군가는 그건 글도 시도 아니라고 했지만
더이상 아무도 귀에 담지 않았다
그가 떠난 집 마당, 한 그루 나무만 서 있을 뿐
도무지 읽을 수 없는 몇 줄의 시처럼 세월이 흘러갔다, 흘
러왔다

향수다방이 있는 마을

한때는 아주 큰 산판일로 집집이 흥청거린 적도 있었으나

지금은 먼지와 거미줄만이 손님인 향수다방을 머리에 이고 차곡차곡 하루를 살아가는 향수슈퍼가 서 있는 마을

코흘리개 아이처럼 굴뚝들은 저녁이면 훌쩍훌쩍 연기를 흘리고

제일 오래된 우물도 첫돌 지난 아가의 푸른 눈처럼 시린 그곳은 하나같이 어리다

하루 네 번 지나는 정기 열차 외엔 소유주가 불분명한 몇 량의 적막만이 운행하고

밭마다 병아리같이 모인 동네 아주매들이 흙보다는 끊이지 않는 웃음 속에 더 많은 씨앗을 뿌리는 곳

굳게 마음먹은 바람도 마을 언덕에 닿으면 풀어져 살구나무 가지를 두어 번밖에 흔들지 못하고

아픈 기억도 세상에 온 지 이틀밖에 안 된 산수유나무처럼 담장마다 미소를 톡톡 터뜨려놓는다

세월이 흘러도 철들지 않는 햇볕들이 하루 종일 뛰어놀
다 가는 마을

 아무리 큰 상처도 어린 바둑이와 같아서 어룽어룽 만져주
면 이내 내 가슴에 와 안긴다

겨울 동화

아내가, 꽃을 낳았습니다 아직 세상을 향해
눈조차 뜨지 못한 한 송이 꽃을
한동안 꽃은 잠만 잤습니다
사흘 낮 사흘 밤을 내리던 눈이 멈춘 날 꽃이 첫 눈을 뜨자
아내는 누에고치처럼 한없이 눈물을 흘렸습니다
아내는 늘 꽃을 가슴에 품고 살았습니다
아내의 가슴에 핀 꽃이 신기한 듯
마을 사람들이 향기를 맡아 가곤 했습니다

꽃은 아내를 꽃밭 삼아 무럭무럭 자랐습니다
꽃이 자랄수록 아내는 더 많은 음식을 먹어야 했습니다
제대로 잠 못 이루는 날은 늘고 신열이 오르기도 했지만
아내는 묵묵히 꽃에게 물을 주었습니다
어떤 날은 파인 눈과 짓무른 아내의 젖꼭지 곁에서
난 몰래 눈물의 우물을 파곤 했습니다

어느 날 꽃은 나에게로 와 피어 있었습니다
뿌리의 힘이 얼마나 센지
내 마음속까지 비집고 들어왔습니다
심장처럼 뜨거운 뿌리, 우리는 서로를 부둥켜안았습니다
언젠가 꽃은 꽃밭을 떠나겠지요
어느새 꽃은 아내에게로 다시 옮겨가 피고 있었습니다

아내의 허리를 지나 저 발끝까지
꽃은 뿌리를 내리고 가지를 내렸습니다
아내는 아름다운 꽃말부터 가르쳐주겠다고 했습니다
꽃이 다 자라면 눈이 맑고 튼튼한 사슴이 되어
뛰어다닐 거라고 했습니다
세상에서 가장 빛나는 별이 될 거라 했습니다
다시 사흘 낮 사흘 밤을 눈이 내리기 시작했습니다
꽃의 가지마다 덧니 같은 가시가 돋아나고 있었습니다

춘화

1

그녀가 돌아올 시간이다 오랜 동안 그녀의
몸을 감싸던 추위의 겉옷 굶주림의 속옷을 벗어던지고
성에 낀 유리창 불 꺼진 수십 개의 방이 딸려 있는
얼음의 집 담장을 넘어 그녀가 대지의 품에 안길 시간이다
그녀의 가슴, 곧게 뻗은 다리 아니 그녀의 손끝만 닿아도
일제히 푸른 연기를 내뿜으며 타오르는 숲과
몸속 깊이 감춰둔 성기를 꺼내 밀듯
나무와 풀잎을 풀어놓는 산줄기들
이제 얼음의 채권자들에게 차압당한 가구와 문마다
문고리가 떨어져나간 땅, 저 폐허의 성지에
한동안 무너져 있었던 불의 궁전은 다시 지어지리라

2

모든 것이 한눈에 내려다보이는 높고 낮은 전망대와
복도, 돌기둥들로 재축조된 궁전을 향해
뭐 하나 이룬 것 없이 흘러간 강과 구름
영원히 지지 않을 것 같던 꽃잎, 그 쓸쓸한 기억의
외곽으로 사라져간 대지의 아들딸들은 다시 돌아오리라
돌아와 그곳에 길을 내고 푸른 발자국을 찍으며
강은 구름과 함께 바다로 흘러가리라 저녁 무렵까지
일제히 포문을 열고 쾅쾅 폭죽을 터뜨리는 꽃잎
저 향기의 포성들은 끊일 날이 없으리라

그녀가 돌아올 시간이다 치마를 걷어올리고
내를 건너듯 산과 들을 가로질러 순식간에 지붕을 덮치는
커다란 불, 그 얼굴을 확인할 수 없을 만큼
머리부터 발끝까지 뜨거운 열기로 활활 휘감긴

돌멩이

순한 삽살개처럼 흐르는 강이 있고
밑도 끝도 없는 투정도 아픔도 다 받아주는 어머니 손바
닥 같은 흙길이 있고
비가 오든 눈이 오든 묵언 수행중인 미루나무가 서 있는

풍경이, 마치 한 폭의 그림 같아서 그 그림 끝에
바람에라도 날아가지 말라고 꼭 잊지 않겠다고
찾아갈 때마다 꼬박꼬박 돌멩이를 쌓아놓곤 했는데

어느 날, 영혼이 있다면 영혼까지 철근콘크리트일 고층
건물이 빼곡히 들어와 서 있네
누가 치운 걸까 그 많던 돌멩이

구화학교 1

1

보물단지처럼
작은 돌멩이라도 하나 떨어져 있을라치면
무슨 큰일이라도 난 듯
고래고래 난릴 치는 미친 할멈이 애지중지하던 길 끝엔
언제나 아주 낡은 풍금 같은 구화학교가 놓여 있었다
한 번도 소리가 난 적 없는

2

작은 연못이 있었는데
하루 서너 번 아이들이 몰려와
종이처럼 반듯반듯한 수면 위에
시 같기도 노래 같기도 한 무언가를 적어놓고
더 깊은 적막 속으로 사라지곤 했다

3

교정엔 수국이 만발했다 수국을 닮아가는 아이들
양지 바른 쪽으로 가지를 뻗으며
소리 없이 수국향 같은 웃음소리를 쌓아올렸다
웃음소리는 담장을 넘어갔다가
한 떼의 꿀벌과 나비를 이끌고 돌아오곤 했다
아이들의 눈 속까지 수국, 수국이 피고 있었다

구화학교 2

텅 빈 교정
한 귀퉁이
말을 못한다고
듣지도 못한다고
자꾸만 돌을 던지는
동네 아이들에게 쫓겨와
저녁 내내
젖은 진흙처럼
소리 없이 흐느껴 울던
그리운
수국, 한 그루

구화학교 3

1

생각도 없이 부는 바람 소리
드럼처럼 학교 지붕을 두들기는 빗소리
우편배달부의 빨간 자전거 체인 돌아가는 소리
그나마 몇 그루 없는 미루나무를 뿌리째 뽑을 듯
죽자 살자 끌어안고 우렁우렁 우는 매미 소리
깃대에 걸린 태극기의 숨소리

2

아이들이 등교를 마치면
금박 박힌 동화책 속의 아이들처럼
곧바로 하늘을 나는 양탄자 타고
아라비아해(海)로 떠난 거라고 난 생각했다
기다리다 깜빡 잠든 내 꿈결 위로
무엇이든 소원을 들어주는 신기한 마법의 단지가 담긴 듯
책가방을 멘 아이들이 아라비아해에서 돌아오고 있었다

3

어느 날 재개발 지역으로 선포되면서
곳곳에 굵은 철삿줄과 화살 같은 말뚝이 박히더니
학교 담장은 느닷없이 들이닥친 포클레인에
연습장처럼 찢겨나가고 하나 둘
수국들은 내장을 쏟으며 쓰러져갔다

송두리째, 수시로 드나들던 꿀벌과 나비 들도
교정의 작은 연못도 미친 할멈처럼 오래된 미루나무도

다 지나간 이야기다

그곳

가파른 철길이 나와도 헉헉 날개를 제치는 동해행 열차도
만성 무릎관절염에라도 걸린 듯 멈칫멈칫 테이프가 도는
벌써 십 년이 한참 넘은 내 미니 카세트 같은 생각도
그곳에 닿으면 유난히 빨라진다 초고속이다
흙길엔 온종일 빈 밥그릇으로 구르는 강아지가 있고
밭에는 바람과 햇볕을 단단하게 매어둔 말뚝이 서 있는 곳
백 평도 안 되는 땅을 조용하다고
어느 얼빠진 서울 사람이 덜컥 샀다는 곳
사놓은 지 삼 년 지나도 뭐 하나 세우지 못했지만
그래도 두 달에 한 번 내려와 땅 봤다 하늘 봤다
나름 만연한 미소를 귀까지 걸어놓았다 돌아간다는 곳
다 떠나고 아예 등 굽은 한 자루 녹슨 낫이 되어
풀을 베는 할아버지와 낡은 가옥 두어 채만이
겨우 산마루 너머로 저녁연기를 밀어올리는 곳
정신 차리지 않으면 지나치기 일쑤인 아직도 수년째
변변한 마을 이름도 없이 번지수만 달랑 있는 그곳

세상에서 제일 긴 의자
— 여차, 홍포 해안도로

여차에서 홍포까지 놓인 길은 세상에서 제일 긴 의자

흙과 바람과 산을 자르고 깎고 세워서 뚝딱뚝딱 만든 의자

오랜 세월이 흘러도 삐걱거리지도 않고 녹슬지도 않는 의자

나비도 앉고 동백꽃도 앉고 돌멩이도 앉아 있는 의자

어떤 걱정도 팔팔 끓는 화(火)도 두 걸음 못 가서 주저앉게 되는 의자

여차에서 홍포까지 놓인 길 앞 바다도 세상에서 제일 긴 의자

파도와 섬과 갈매기 울음소리를 자르고 깎고 뚝딱뚝딱 만든 의자

오랜 세월이 흘러도 삐걱거리지도 않고 녹슬지도 않는 의자

해도 앉고 배도 앉고 별도 앉아 있는 의자

풍랑도 안개도 구름도 두 걸음 못 가서 주저앉게 되는 의자

은어

햇볕의 길이 서면 온다
바다 쪽으로
한쪽 어깨가 굽은 오솔길을 따라
삼삼오오 떼지어 온다
산수유나무의 오래된 벗,
잠시도 가만히 있지 못한다
미끄럼틀을 타듯 온종일 산수유나무를 오르내린다
이따금 산수유나무가 간지러운 듯
몸을 비트는 건 그 때문이다
때론 너무 웃다가
허리가 뒤로 넘어갈 때도 있다
참, 말도 많다 귓속말로
오늘은 고등어가 나쁜 놈이란다
쥐치를 버리고 농어와 눈 맞아 달아났단다
그는 눈이 맑다 몸도 마음도
때가 묻지 않은 은색이다

모란의 집

폐가인 줄 알고
그냥 지나치려 했더니
뱃살처럼 대문 앞까지 비죽 삐져나온 방 한 귀퉁이
모란꽃 부부, 사이좋게 살고 있다
모란의 품속을 날아다니며
배가 고파 칭얼대는 어린 꿀벌과 나비들에게
제 몸을 태워 향긋한 밥을 지어주고 있다
몸이 다 탈 때까지
목 부러진 굴뚝 위로
가득 피어오르는 모란꽃 향기, 향기를 따라
아침에 집을 나갔던 둥근 해가
제비와 함께 돌아오고 있다

빨간 모자

아직도 내 기억을 눌러쓰고 있는 빨간 모자 군용 트럭으로
끌려간 형의 머리카락을 싹둑싹둑 잘라내던 빨간 모자 농성중
인 여공들에게 쇠파이프를 휘둘러대던 빨간 모자 무허가판
잣집들을 무허가 해머로 마구 때려 부수던 빨간 모자 그것
도 백주대로에서 부녀자를 봉고차에 강제로 실어가던 빨간
모자 법도 윤리도 없는 빨간 모자 벗어던질 수 없는 내 기억
의 기억까지 꾹꾹 눌러쓰고 있는 그 빨간 모자

설국(雪國)

비행기는 아주 낮게 날고 있었다
그때 하늘의 문빗장이 풀린 듯 눈이 쏟아지고
기체가 몇 번 기울더니 굉음이 이어졌다
난 그만 정신을 잃었고 눈을 떠보니
한 마리 사슴이 되어 사냥꾼에 쫓기고 있었다
한쪽 발목은 부러지고 화살도 한 두어 방 맞은
얼마큼 쫓겼을까 깊은 산속 누군가가 나를 구해주었다
피가 나오는 상처에 붕대를 감아주었다
하루 세 끼 식사가 꼬박꼬박 나왔고
간식으로 지천에 깔린 적막을 꺾어 먹으면 되었다
아무리 먹어도 살이 찌지 않았다 질리지 않았다
나를 쫓던 사냥꾼은 나를 찾지 못하고 떠났다
내가 있는 줄 까맣게 모르고 눈이 오고 있었다
눈은 세상으로 놓인 길을 다 지우고 있었다
책임도 기억도 내가 있는 줄 모르고 지나가고 있었다
온천에 앉아 찻잎처럼 오그라들었던 몸이
하나 둘 풀어지는 것을 바라보고 있었다
날아갈 것만 같았다 난간을 꽉 잡았다
천천히 상처에 새살이 돋기 시작하고 있었다
한 며칠, 나를 구해준 사람이 집을 비운 사이
눈에 파묻혔던 길들이 팔뚝에 힘줄을 새기며 떠올랐다
그 길로 사냥꾼이 풀어놓은 사냥개들이 뛰어오고 있었다
나를 잊었던 시간도 컹컹 짖으며 달려오고 있었다

나를 쫓던 사냥꾼이 나를 찾아낸 것이다
사냥꾼에게 포획된 난 어디론가 끌려가고 있었다
빠져나가기 위해 발버둥 칠수록 꼼짝할 수 없었고
아물었던 상처엔 다시 피가 흐르고 있었다
그때 난 그만 정신을 잃었고 눈을 떠보니
아무런 일이 없었던 것처럼 비행기는 낮게 날고 있었다
천천히 한 점 눈조차 발 디딜 틈이 없는
철근콘크리트 기둥들로 빼곡한 도시가 다가오고 있었다

헌인릉에서

내 무릎 위 산수유처럼 피어 있는 아내가 잠을 청하네
십칠 년을 나와 살면서 두 다리 쭉 펴고 자본 적 없었던
난 유난히 심장이 약한 아내의 가슴을 토닥이며
한 시간 거리밖에 안 될 아내의 잠 길을 골라주네
그간 내 아내 속을 얼마나 많이 끓였고 속여왔는가
열다섯 살 아래인 동생을 돌보겠다고 자청한 정민이가
자꾸 미꾸라지처럼 빠져나가는 세 살배기 동생을
잡았다 또 놓치는 모습이 눈에 들어오네
혹시나 이것이 우리가 몇 번씩이나 그려보던
행복의 얼굴은 아니었는지
번번이 인생의 변곡점에서 아이들이 발목을 잡았다고
투덜댔던 아내의 입술에 손을 내밀어보네
어느새 내 손보다 먼저 아내의 입술에
입술을 포개고 가는 바람들
그래 나의 사랑은 언제나 이렇게 한 발작씩 늦곤 했지
곤히 잠들어서야 얼굴 위에 미소를 새겨넣는 아내여
지금쯤 그토록 가고 싶어했던 프라하 하늘 아래
구름처럼 떠 있는 카를교(橋)를 걷는 꿈을 꾸고 있는가
그곳에서 또 우리를 위해
두 손을 모아 소원을 빌고 있는가
십칠 년간 나와 살면서 두 다리 쭉 펴고 자본 적 없었던
아내를 위해 새들도 잠시 날기를 미루고
낡은 벤치를 꼭 끌어안고 바람도 걸음을 멈추는 헌인릉

이 누추한 무릎이 황금침대는 아니지만 황후처럼 주무시게 ─
혹 돌아올 길 잃을까 아내의 손목에 토끼풀로 엮은 줄을
감아놓네

구파발역에서 지축역까지

흔들리는 삼 호선 열차 창 너머
맑은 햇빛 쏟아져 들어오는 소리에 눈을 뜬다
어느새 내 눈 속엔 옛날,
우리집 야트막한 담장을 따라 줄지어 서 있던
배롱나무가 빼곡히 들어찬다
숨을 쉴 때마다 찰랑찰랑 넘치던
서늘한 배롱나무의 그늘,
바람 불면 낡은 축음기처럼 나뭇가지 끝에선
아름다운 노래가 흘러나오곤 했다
산허리를 지나 구름까지 흘러간 노래는
저녁이면 수많은 뭇별이 되어
내 귓속을 환하게 적시곤 했다
구파발역에서 지축역까지
한 이삼 분이면 사라지고 말 철길
이제는 근사한 차나 한 채의 아파트를 갖는 데에
가끔 사용되는 꿈, 어딘가에 흐르고 있을
배롱나무 노랫소리에 가만히 귀를 기울여본다

정선 국수

누군가 흘리고 간 눈물 같다
떨어져 소금은커녕 한 줌 흙조차 되지 못하고
바람 속으로 사라지지도 못하고
국수가 되어버린 하얀 몸
단맛 쓴맛 매운 맛이 다 나는 걸 보면
그 눈물의 주인은 아픔의 산전수전 다 겪어본 사람이리라
고춧가루만 뿌려도 금세 빨갛게 동화가 되는 걸 보면
아마 마음도 따뜻한 사람이리라
뚝뚝 힘없이 면발이 끊어지는 걸 보면
하나라도 더 주려고 태어난 사람이리라
사랑이든 돈이든 누구나 한 번쯤은
다 잃어본 사람끼리 모여 우걱우걱 먹어대는
강원도 정선 어느 산골 허름한 국숫집,
그 주인 할멈의 손 같은 사발 속에
가득 담겨 있는 뼛속까지 하얀 몸

─ **전과자**

─ 대학 일 학년 때 사람을 죽였다 그 충격으로
부모는 동반자살을 하고 대학 친구들이 결혼해
아이들을 낳고 그 아이들이 자라 대학을 졸업할 때야
비로소 그는 출감하였다 가도 가도 어둠은 동색
몸은 나와도 용서받을 수 없는 죄는 아직도
감옥살이를 하는지 외항선을 탈 수 없었다
난지도 쓰레기장에서 이 년 막노동판에서 삼 년
그러다가 석탄을 캐는 광부로 눌러앉았다
얼마만큼 파들어왔을까 뒤돌아보면 결혼하기엔 너무 늦고
목숨을 끊기엔 너무 죽음 가까이 와버린 어둠 속
어느 겨울부턴가 밥 대신 그는 석탄을 먹기 시작했다
목이 말라도 석탄을 먹었고 과일처럼 석탄을
깎아먹기도 했다 어떤 날은 석탄으로 샤워를 했고
나중엔 변을 봐도 석탄이 나왔다 급기야
뼛속까지 석탄으로 가득찼을 때 그는 광부들에게
굴착기와 곡괭이로 파헤쳐졌다 터진 뱃속에선
검은 피를 흘리며 간과 쓸개가 쏟아져나왔다
광부들은 그것이 옛 동료의 장기인 줄도 모르고
탄차에 세 등분으로 실어 갱도 밖으로 내보냈다 다음날
누군가가 외쳤다 감쪽같이 그가 사라져버렸다고
사실 그는 사람을 죽인 전과자였다고 하지만 그는
누명을 썼고 부모의 동반자살에 따른 죄책감으로
항소를 포기한 것이었다고 또 그가 외쳤다

─

그의 소원은 석탄이 되어 이 세상을 한 번쯤
뜨겁게 적셨다 사라져버리는 일이었다고
그후 그를 찾는 자는 아무도 없었고
그가 탄차에 실려 나간 하루만큼은
그해 겨울 중 가장 따뜻했다 아주 잠깐이었지만
불타는 태양이 거리를 데웠다 구름 뒤로 사라졌다
거리엔 다시 멈췄던 눈이 내리고 곳곳에 세워진
비닐하우스 같은 적막을 찢으며 찬바람이 불기 시작했다

벽시계

소년은 빨리 어른이 되고 싶었습니다
방에 걸린 벽시계를 날마다 닦기로 했습니다
닦을수록 벽시계는 시간을 빨리 걷게 한다고 믿었습니다
해도 달도 별도 산속의 나무들도
때가 되면 꼬박꼬박 밥도 주었습니다
소년과 벽시계는 한 몸같이 살았습니다
소년이 곧 담장 키를 훌쩍 넘을 해바라기가 될 무렵
할아버지가 돌아가셨습니다
석 달 후엔 할머니가 그뒤를 이었습니다
벽시계를 날마다 닦아주었기 때문이라 생각했습니다
처음으로 소년은 벽시계 닦는 일을 멈추었습니다
아빠가 생계 문제로 도시로 이사를 가야 한다고 했습니다
소년은 광목천에 벽시계를 말아 다락에 눕혀놓았습니다
한 달 한 번 마지막 주 일요일마다
찾아오겠다는 약속을 하고 떠났습니다
소년은 자라 어른이 되었습니다 어른이 되면서
누구나 태어나 죽는다는 걸 알게 되었습니다
하루는 아주 오래전 벽시계와 한 약속이 떠올라
고향집을 찾아갔습니다
세월이 흘렀지만 백자같이 빛을 머금고 서 있었습니다
마당을 지나 방문을 열어보니 벽시계가 걸려 있었습니다
아직도 맥박처럼 초침이 힘차게 돌아가고 있었습니다
벽시계를 와락 끌어안고 눈물을 흘렸습니다

깜빡 잠이 들었고 얼마 후 눈을 떠보니
텅 빈 저녁 들판이었습니다
지나는 마을 사람이 이곳에서 한 달에 한 번,
그것도 마지막 주 일요일마다
시계 종소리가 울려퍼졌다 사라지곤 했다고 말했습니다
서쪽 하늘엔 갈 곳 잃은 새떼처럼
옹기종기 모인 노을이 한참을 서 있었습니다

귀향

애초부터 이곳에 뿌리를 내리는 게 아니었다
행복이란 원래 가질 수 없는 것이었다
힘센 어둠의 무리들이 손 닿지 않는 곳에
아주 교묘하게 매달아놓은 저 달처럼
여기는 몸에서 마음까지 끊이지 않는 열기와
피도 눈물도 없는 모래로 가득한 사막
어느 날부터인가 내 몸엔 까칠한 갈기가 돋고
강한 턱뼈와 이빨이 자라나고 있었다
오로지 살아남기 위하여 난 그 무엇이든
단숨에 쓰러뜨리고 씹어 삼켜야 했다
떠나야 한다 다시는 돌아오지 말아야 한다
눈과 비의 기억으로부터 완전히 제외된 이 도시를
내 몸의 중심을 잡아주는 꼬리를 뒷주머니에 넣고
난 서둘러 기차역을 향해 집을 나선다
어디선가 누구의 사주를 받고 왔는지 철저히 은폐된
한 무리의 바람이 또 거리를 뒤덮으며 불어온다
어쩌면 나를 이토록 흉측한 괴물로 만든 건
저 바람, 무섭도록 차고 부드러운 손이었는지 모른다
멀리 이 도시를 떠날 마지막 기차가 들어온다
이 기차를 타고 난 최대한 멀리 가야 한다
동이 트면 다시 내 몸엔 갈기와 이빨이 자랄 것이고
낮게 엎드려 있다가 누군가 사정거리에 들어오면
난 한 방에 숨통을 끊어야 할 것이다 곧바로

042

나보다 더 강한 놈이 있는지 주위를 살펴야 할 것이다
자동으로 열리는 기차 승강구에 내 몸을 구겨넣는다
드디어 촘촘히 박혀 있는 어둠을 가르며 기차가 달린다
하지만 난 어디로 가는가 과연 돌아갈 곳이 있긴 한 건가
기억이 나질 않는다 들리지도 이젠 보이지도 않는다
언젠가 격렬한 싸움에서 부러진 발톱 위로
그동안 참았던 눈물이 뚝뚝 떨어진다

물고기

1

그의 몸에선 늘 생선 비린내가 났다 설마 잉어나
붕어 등을 타고 회사를 오는 건 아닐 테고 혹시 부모 중에
하나는 붕어일지도 몰라 그가 잠들 때 배를 한번 따볼까
아마도 손바닥만한 부레가 있겠고
창자 속엔 깻묵이 가득차 있겠지 동료 직원들은
커피 자판기 앞에 모이면 그에 관한 농담을 하곤 했다
그는 수년 동안 우물가인 듯 정수기 옆자리에서 일을 했다
하루 수십 번씩 물을 마셨고 회전의자에 앉아 한 번은
꼭 천장을 향해 두 서너 바퀴 회전을 했다
마치 공기가 모자란 잉어떼가 주둥이를 내밀기 위해
지느러미를 흔들듯이 그때마다
동료들은 고개를 갸웃거리며
몇 번 혀를 차는 것으로 흘려버리곤 했다
그는 한 번도 지각을 하지 않았다 강변의 모래를 퍼올리는
포클레인처럼 하루 종일 책상 위에 서류를 쌓고는
꼼짝도 하지 않았다 점심시간도 그를 끌어낼 수 없었다
그만의 요새 같은 곳에서
그의 손을 거친 서류들은 한 번의 보류도 없이 결재되었다
그는 어떤 자리에도 나오지 않았다 그가 어디서
살고 있는지 무엇을 먹는지조차 아무도 아는 이가 없었다
하루는 그의 뒤를 미행하기로 하였다 그가 회사를 지나
큰 도로로 휘어진 골목 끝에서 우회전할 때였다

그의 몸엔 비늘이 돋기 시작했고
지느러미가 딱딱한 비늘을 뚫고 나오고 있었다
순식간에 그는 횡단보도를 건너가 있었고
꼬리지느러미를 몇 번 꿈틀거리자 그의 몸이 빌딩 위로
솟구치더니 강물처럼 출렁거리는 노을 속으로 사라졌다

2
그제야 그의 정체가 물고기로 규명되자 사내는 술렁거렸다
그들은 커피 자판기 앞에 다시 모였고 포획하기로 했다
몰래 그의 책상 위에 미끼를 끼운 낚싯바늘을 걸어놓았고
사무실 출입구에 어항을 놓았다 복도엔 그물을 펼쳐놓았다
하지만 눈치를 챘는지 아무리 기다려도
그는 오지 않았다 서서히 그가 있던 자리엔
비린내가 사라지고 그의 몸 어딘가에서
떨어진 몇 개의 비늘만이 바닥을 뒹굴고 있었다
다음날 부장이 그의 서랍 속에서 오래전에 써놓은
구겨진 사직서를 가지고 왔고 사직서 갈피엔
그가 먹다 버린 지렁이와 구더기가 꿈틀거렸다
그가 사라진 후 한 달을 내리 비가 오고 있었다
아니 그 이전에도 더러 오곤 했지만
처음으로 비가 오는 광경을 보기라도 한 듯
뚫어지게 그들은 바깥을 바라보고 있었다 그들 중
누군가가 외쳤다 아, 빗물 속으로 뛰어들고 싶다

느닷없이 사내 어디선가에서 사라졌던 생선 비린내가
다시 새어나오고 서로를 의심하기라도 하듯
그들은 두리번거리며 몸에 코를 대고 쿵쿵대고 있었다
누군가의 몸에 비늘이 돋고 있을지도 모를 일이었다

화석

울먹울먹 달이 떠오른다
떠오른 달 속엔
아직도 금 간 데 하나 없는
한 채의 집이 놓여 있다
하도 맞아 문신처럼 지워지지 않는,
피멍든 어머니의 등짝과
하도 휘둘러 아예 몽둥이가 되어버린
아버지의 옹이 박힌 손바닥이
짝 안 맞는 고무신짝처럼
나란히 잠들어 있다

새우전(傳)

노량진 수산시장 입구엔 내장처럼 버려진 사람이 앉아 있었다 그가 하는 일이라곤 하루 종일 혼잣말을 하는 것이었다 고향은 목포 앞바다였다고 먹을 게 지천인 청정 해역에서 살았던 새우였다고 어느 날 어부들이 풀어놓은 그물에 잡혔는데 덩치가 커서 바로 곡마단에 자기를 팔아넘겼다고 했다 눈을 떠보니 몸엔 흰 와이셔츠에 나비넥타이가 매어져 있었고 단원이란 사람들이 자신을 드러눕히곤 다리로 공을 굴리는 일을 시켰다는 것이다 사소한 어떤 실수도 용납하지 않는 그들은 채찍을 휘둘렀고 얼마 후 여러 개의 다리로 셀 수 없이 많은 공을 굴리게 되자 수많은 관객들이 몰려와 그는 일약 스타가 되었다는 것이다 박수 소리는 그의 심장이었고 환호성은 그의 공기였으니

몇 년이 흘렀을까 식상한 관객들이 이번엔 쇠공을 굴려보라는 요구에 못 이겨 쇠공을 들어올리다 떨어뜨려 그는 불구가 되었다고 한다 관객들은 등을 돌렸고 단원들은 며칠을 짐짝 취급하더니 그나마 새우튀김을 해 먹지 않은 걸 다행이라 생각하라며 자신을 이곳까지 끌고 와 내동댕이쳤다는 것이다 그는 날마다 누가 날 목포 앞바다에 풀어놓아달라고 지껄여댔다 하지만 아무도 그를 거들떠보지 않았다 몇몇의 행인만이 또 헛소릴 하면 펄펄 끓는 국물에 처넣어버리겠다고 했고 아주 가끔 동네 아이들이 꽁꽁 뭉친 눈덩이를 던졌다 사라지곤 할 뿐이었다

무릎까지 눈이 쌓인 어느 새벽, 그는 자취를 감췄다 그가 입었던 낡은 옷을 시장 입구에 벗어놓은 채 어떤 이는 밤사이 동사한 시신을 응급차가 싣고 가는 것을 보았는가 하면 또 어떤 이는 새벽에 목포행 첫 활어차가 나갔는데 짐칸 수족관엔 아주 큰 새우 한 마리가 잠든 채로 실려 있는 것을 보았다고 했지만 더 이상 아무도 듣지 않았다 늘 그랬듯 새우 한 가득 실은 활어차가 눈길 속을 덜컹이며 노량진 수산시장을 향해 달려오고 있었고 멀리 그가 벗어놓고 간 옷 속엔 굽은 등과 긴 꼬리지느러미가 달린 새우 허물이 수북이 쌓인 채 눈을 맞고 있었다

몽유도원도

내 고사리손같이
잘 트고 쉬 딱지가 잘 앉곤 하던 길 끝엔
언제나 깊고 적막한 숲이 있었어
바람이 불면 코끼리 귀처럼 펄럭거리곤 하던 커다란 귀,
난 그 귀를 통해
개구리 뒷다리를 구워 먹고
햇볕을 쬐다 물총새가 되어 날아간
아이들의 웃음소리를 듣곤 했어
웃음소리 흐르다 흐르다 길이 되면
그 길을 따라 낮에 진흙으로 빚어놓았던 별이 떠올라
환히 지펴놓은 남쪽 하늘을 바라보곤 했어
그곳엔 연기처럼 얕은 숨을 내쉬는
봉숭아꽃 맑게 피고 있었어
몸에서 마음까지 봉숭아꽃으로 물든 은어떼가
구름의 집을 짓고 있었어
아, 언제나 깊고 적막한 숲이 있었어
삐딱하게 창문이 걸려 있는
그 아늑한 한 채의 집 속에서 눈을 뜨곤 했어

나뭇가지

몸에서 마음속까지 삭혀나가기까지 한 낙엽에게서

버려진 데서조차 한 번 더 버려진 쓰레기 더미에게서

태어나 쪽잠 한번 자본 적 없는 찬바람에게서

갈 데 없는 것들끼리 떨며 서 있는 바닥의 바닥에게서

저토록 아름다운 꽃이 피어날 수 있다니

치약 같은 향기가 꿈틀꿈틀 쏟아져나올 수 있다니

그렇다 끝이라 생각한 모든 죽어가는 것들에겐

아직은 생을 향해 두 눈을 부릅뜬 꼭, 결의에 찬 듯

어금니를 문 발사 직전의 화염방사기 같은

나뭇가지가 비죽 나와 있다 자고로 생은 그런 것이다

순옥이 누나 별

아직도 먼지가 폴폴 날리는 흙길이 남아 있네
일부러 천천히 걸어보았는데 몇 발자국 못 가서
자꾸 멈췄다 뒤돌아보는 구름 사이의 별을 보았네
아침에 깨어보면 자기가 입었던 새 옷이 돌고 돌아서
여덟번째 막내 여동생이 입고 있을 만큼 가난해
우리집에 식모로 왔다가 우리도 가세도 기울어
보따리를 들고 언덕을 넘어가던 순옥이 누나가 그랬지
엄마야 새 옷이라도 몇 벌 싸주셨겠지만
난 눈물만 한 보따리 담아주었네
그날 저녁에 뜬 별들은 누나가 못다 흘린 눈물인지 몰라
우리집 라일락나무처럼 멋지게 꽃피우는 게 꿈이었던
순옥이 누나, 홀어머니 따라 김치 공장에 일하러
여주인가 음성인가로 갔다는 소식이 그 언제였던가
어린 나에게 이 세상의 모든 들꽃의 이름을 가르쳐주었던
순옥이 누나 잠들 때, 자두만한 가슴을 만지며
온몸이 심장처럼 뛰었던 난
불혹을 넘긴 성성한 한 그루 자두나무가 되었는데
순옥이 누나는 지금 김치 공장 주인이 되었거나
아들의 아들이 달아준 브로치를 가슴에 어디선가
우리집 라일락나무처럼 멋지게 꽃피우며 살고 있겠지
어느새 순옥이 누나가 그렇게 좋아하던
개망초 같은 별들이 꽉 차오르는 흙길
저 별 어딘가에서 순옥이 누나가 나를 보고 있는 것 같아

이제는 내가 몇 발자국 못 가서 자꾸 멈췄다 뒤돌아보며 ―
걷고 있네

모형 비행기

큰형의 유예를 뿌린다 무대 위에서만이
한 어린 아들과 한 아내의 어엿한 가장이 될 수 있었던
이 세계의 왕이 될 수 있었던, 강은 그의 짧은 생애를
짊어지고 길게 늘어선 저녁노을의 사열을 받으며
아주 천천히 산모퉁이를 돌아나간다 그가 남기고 간 건
그를 보내고 뒤돌아서는 몇 안 되는 침묵의 그림자와
그 그림자를 나르는 우리들의 발소리일 뿐
그것도 모르고 며칠 전부터 자꾸만 어린이 회관에 가자고
보채는 조카를 데리고 버스에 오른다
산허리를 돌 때마다 내 두 다리를 힘껏 껴안는 조카 녀석,
난 눈에 넣어도 안 아플 이 아이의 맑은 영혼을 버리고 간
형수를 결코 용서할 수가 없다 그러나 큰형의 죽음이
연극이 아닌 이상 형수가 떠난 사실을 받아들이기로 하자
어느새 제일 먼저 승강구 밑으로 뛰어내린 그가
모형 비행기 속에서 나를 부른다 한쪽은 무겁고
또다른 한쪽은 가벼운 둘이 앉기엔
너무나 흔들리는 기체 속 그는
멀고 긴 유럽 여행을 떠난다 지중해 해협을 지나면서
더욱 푸르게 확대되는 그의 횡경막, 그러나 그와
동행할 수 없는 무거운 마음을 어떻게 내려놓아야 하나
프랑스 파리를 지나 알프스 산을 가로지르는 저 아이의
활공을 그래 내버려두기로 하자 기다리기로 하자
한쪽은 무겁고 또다른 한쪽은 가벼운 둘이 앉기엔

너무나 흔들리는 이 기체 속의 시간이
먼 훗날 그의 추억 속에서
서로 기울지 않는 무게로 떠오를 때까지 기다리기로 하자

뒤꼍나무

사철 푸른 황소가 있었어 너무 오래 박혀
뿌리가 되어버린 말뚝에 단단히 묶여 있는
날마다 말뚝이 흔들릴 정도로 구름 둔덕 너머를 향해
머리를 내저으며 느릿느릿 발걸음을 내딛곤 해
난 그의 고향이 별일 거라 생각했지
딱히 이름을 몰라 뒤꼍나무로 부르다
뒤꼍나무가 되어버린 나무 훗날 이름을 알게 되었지만
이미 옹이처럼 굳어져버린 나무
저녁이 어디선가 지고 온 노을 한 짐을
서쪽 하늘에 풀어놓으면 난 잠시 걸음을 멈춘
그의 등에 걸터앉아 노을로 성(城)을 쌓곤 했어
그곳에선 늘 반 뼘씩 어긋나 있던 세상과
바람 간의 불화와 다툼 소리가 들리지 않았어
저녁밥을 먹으라고 어머니가 나를 부르면
그의 입속으로라도 들어가 꼭꼭 숨고만 싶었지
그렇게 있다보면 언젠가 말뚝을 뽑고 뒷담을 넘는
황소 등 타고 별에 가닿을 거라 꿈꾸며
어느 날 도로구획 정비로 쫓겨난 우리 가족은
판자 조각같이 떠밀려갔어 가까스로 닿은 곳은
자동차가 달리는 도시였는데 내 손엔 장미가 그려진
책가방이 들려 있었고 난 학교를 가고 있었지
영혼도 없이 왔다 갔다 하는 시계불알처럼
중학교를 배정받았을 무렵이었던가 아버지와 우연히

그곳을 지났을 때 몇 개의 대들보 자국만 남아 있었지만
난 뚝뚝 끊어져 있는 저 떠구름이
황소가 하늘에 오를 때 찍힌 발자국이라 믿으며
셀 수 없이 떠 있는 저 별 어딘가에서
노닐고 있을 그에게 손을 흔들어주었지
동네 어귀 들어서면 우리집을 송아지같이 품고 있던
사철 푸른 황소가 있었어 그의 품속에선
며칠째 비 맞은 참새떼들이 옹기종기 모였다 가고
어떤 날은 풀 한 포기 나지 않는 서너 평 남짓한
허공을 일궈 씨알이 굵은 고요를 길러내곤 했어

간식

초등학교 오 학년, 만취한 아버지에게 맞아 갈비뼈에
금 간 울 엄마 친정에 한 달포 가까이 가 있을 때
날 돌봐주던 큰이모 둘째딸 양순이 누나가 오셨나

머리는 서류 뭉치로 꽉 차 있고 밥때는 놓치고
에라 모르겠다 휴대폰 집어던지고
잠시 산책하러 나간 강남 봉은사 뒷길

소반 같은 그루터기에 놓인 저 치아가 하얀 햇볕과
솔방울과 톱밥 몇 줌이,
꼭 양순이 누나가 차려놓은 간식으로 보이는 오후

울 엄마 돌아왔어도 온종일 밥풀때기같이 붙어서 떨어지
질 않으니

하루는 참기름 한 병 사오면 내 좋아하는 간식 만들어주
겠다기에 뛰어갔다 왔더니만 고사이로 참기름같이 여주 집
까지 잘도 미끄러져간 양순이 누나

가서 사흘 후였든가 뒷산에서 꽃구경하다가 그만 치한들
에게 순정을 짓밟혀 그길로 절벽에서 뛰어내린
두 눈도 못 감고 죽은 양순이 누나

그때 못다 한 약속 지키려고 오셨나 아님 아직도 이승에 ⎯
못다 푼 한이 있어 오셨나
살포시 내 어깨에 햇살로 와서 기대었다가
내 눈에 와락 눈물로 맺혀서 또 뛰어내릴 준비를 하는 양
순이 누나

여주 강에 누나 뼈를 뿌리고 울 엄마와 퉁퉁 부은 얼굴로
돌아온 다음날 우연히 공책갈피 속에서 발견한,

미안하다고 꽃 피는 봄에 꼭 오겠다고 지금도 향이 나는
몽당연필로 내 가슴속까지 꾹꾹 눌러쓴 유서 아닌 유서를
남기고 간 양순이 누나

⎯

알람브라 궁전의 추억

도시의 저녁 길을 걷는다 지친 내 어깨를 안아줄 한 가닥
햇살마저 없는
꺼질 듯하다가 다시 고개를 쳐드는 추억

나는 원래 한 나라의 왕자였다 백성으로부터 신망을 받는
나에겐 미래를 내다보는 신통력이 있었고 많은 신료들이
내 뒤를 따랐다

만약 마법사의 간계가 없었다면
나는 오늘도 몇몇 신료들과 궁녀들을 거느리고 정원을 산
책하고 있었을 것이다
각국에서 전리품으로 가져온 괴석과 꽃들에게 하나씩 이
름을 지어주고 있었을 것이다

아침마다 득달같이 나를 잡아 흔들어 깨우는
세상에서 제일 무서운 아내의 억센 팔뚝 속에서 출근을
서두르고
하루 세 끼 굶지 않은 것에 감사하며 밥 먹듯 야근하는 신
세가 되었지만

천 리를 달리는 백마에 루비가 박힌 검을 차고
나의 망토처럼 길게 펼쳐진 초원을 달리며 사냥을 하고
있었을 것이다

포획한 사냥감은 가난한 백성들에게 나눠주었을 것이다   —

  해도 달도 뜨지 않는, 넘기는 쪽쪽 파본처럼 뜯겨져나가는
  세월의 갈피 속에서 내 비록 한 채 집을 갖는 데 목숨을
걸고
  늘 바람 따라 고분고분 흔들리는 갈대가 되어 살아가고
있지만

  언젠가 반드시 돌아갈 것이다 누구도 넘볼 수 없는 스물
네 개의 감시탑과
  최정예 군사들이 성문 밖 시에라 네바다 산맥같이 줄지
어 서 있는 곳

  그때까지 넘어지거나 눈물 흘리지 않을 것이다
  세상의 온갖 멸시와 슬픔쯤 한 방에 날려보낼 것이다

  난, 사철 눈 푸른 사이프러스 나무들이 새들을 불러모으고
  세상에서 가장 아름다운 노을이 무량무량 흘러내리는 알
람브라 궁전의 가장 사랑받는 왕자였으니까

                                                        —

지팡이

할머니와 지팡이는 늘 함께 다녔습니다
인연을 맺게 된 건 할아버지가 돌아가신 날로부터
한 달쯤이었나, 밭둑에 버려진 것을
할머니가 주워온 후부텁니다
어디 하나 성한 데 없는 몸을 잘 다듬어서
돌담 양지 바른 곳에 말렸는데
다음날 아주 튼튼한 지팡이가 되어 있더랍니다
그후부터 지팡이는 할머니가 잠들면
깰 때까지 밤새도록 마당에 서서 기다렸고
뒷간에 가실 때도 문고리에 기대어 떠나질 않았습니다
마실을 가는 날엔 늘 할머니보다
한 걸음 먼저 앞장을 서서 길을 살폈습니다
한눈을 팔지 않았고 딴생각도 하지 않았습니다
처음 지팡이는 한 뼘 정도 할머니보다 키가 컸는데
할머니 허리가 점점 꼬부라지면서
지팡이는 할머니보다 더 키가 커져갔습니다
그러던 어느 날 지팡이와 할머니 키가
딱 맞은 물결이 되어 언덕을 내려가는 것이었습니다
저 보이지 않는 밑바닥에서 지팡이는
할머니와의 키를 맞추기 위해
진 길 마른 길 고르지 않고 다니면서
제 뼈와 살을 깎아댄 것이었습니다
더이상 할머니가 작아질 힘조차 없게 되었을 때도

지팡이는 불 꺼진 집 같은 할머니 곁을
한 걸음도 떠나지 않았습니다
할머니의 유언대로 시냇가가 잘 내다보이는
동네 어귀쯤에 하관을 하던 날
도대체 지팡이가 어떤 신통력을 발휘했는지
아버지를 불러 자신을 관 속에 넣게 했습니다
죽음까지 지팡이는 할머니를 따라간 겁니다

하학길

능수버들 빼곡한
물속을 지나
나비 날아가는 쪽으로 곧게 가지를 뻗은
복숭아나무 길이 있는
하늘을 돌아
구름 사이로 잉어떼가 노니는
들판을 가로질러
집에 닿으면
장독대 위엔
무슨 할말이 그렇게 많은지
하늘을 향해 악을 쓰며 기어오르는
아욱, 아욱, 아욱들
바라보다
아직 지지 못한 잔별들 둥둥 떠다니는
마루를 지나
보름달로 꽉 들어찬
방을 건너
어둠 속 깊이 닻을 내린
한 척의 배가 정박해 있는
다락방을 돌아

동춘천국민학교

참, 누에만해가지고
아무리 뛰어봤자 나뭇가지에서 나뭇가지였을 시절엔
운동장이 항공모함 같았는데

지금 와보니 두어 사람만 더 타면 바로 가라앉을 것만 같
은 거룻배 같다, 앙상한

멀리 화단엔 신기루같이
십 분 걸러 떠든다고 교실 밖으로 쫓겨난
열두 살배기 내가 걸상을 든 채 무릎을 꿇고 있다

그때 어렴풋이나마 사는 게 어쩌면
말썽을 피우고 벌을 받았다 반성하고 또 깜빡했다 말썽을
피우고 벌을 받았다 반성을 하는 거라 생각한 적이 있었지
참, 애늙은이같이

걸상을 들고 벌을 서는 듯 후들후들 떨고 있는 모습이
꼭 나를 빼다 박은 한 그루 패랭이꽃, 아마도
그 옛날 동전처럼 수없이 잃어버린 나의 꿈 가운데 하나
일 것이다
노을을 이끌고 어디선가 삼삼오오 쏟아져 들어온 아이들이
거룻배 속으로 들어가 축구 놀이를 하고 있다
공을 찰 때마다 거룻배가 기우뚱기우뚱거리고 있다

산중여관 1

마당엔 제비가 낙엽을 쓸고
몇 개인지 모를 방을 옮겨다니며
물고기들이 걸레질을 할 동안
오동나무와 족제비는 아궁이를 지펴 서둘러 밥을 짓는다
뒤뜰에는 장작을 패는 바람의 도끼질 소리
혹시나 오늘은 어느 객이 찾아오려나
주인인 듯한 허름한 옷차림의 산국화
현관문 앞 숙박계를 어루만지며
길고 흰 수염을 쓰다듬듯 시냇물이 산골짜기를 빠져나가는
창밖을 우두커니 바라본다
세상의 길이란 길은 모두 잃어야 한 번쯤
묵어갈 수 있는 산중여관

산중여관 2

간밤에 내린 비로
비로소 제 목소리를 찾은 시냇물
청미래덩굴숲쯤에서 멈췄던 노래를 다시 부르며
산골짜기를 돌아나간다

노래의 높낮이에 따라
잠시 파도처럼 출렁거리는 산새들,
하늘의 기슭까지 치고 올라가 구름을 적시고

배고픔을 잊은 듯 하품을 터뜨리는 호랑이 곁에서
며칠째 청하지 못한 잠을 자는
궁노루 한 마리

호랑에 등에 업혀 멀리 바다로 흘러가
호랑이를 닮은 새끼를 낳는 꿈을 꾼다

산중여관 3

깊은 산은 나무들에게
밤하늘은 별들에게 맡기고 내려온
종달새와 둥근 달
산중여관 주인이 달여준 따끈한 차를 마시며
그간 읽지 못한 책을 읽는다
책갈피를 넘겨야 할 때만
가끔 손을 빌려주곤 나가는 바람
아직 이곳의 글을 배우지 못한 시냇물과 함께
새벽녘까지 귀동냥으로 듣다가
퉁퉁 부은 눈을 뜨고 남쪽으로 흘러간다

구름 위의 식사

두고 온 건 집만이 아니었다
구름 위 돗자리를 펴고 앉아
한 잔의 수유차와 난 몇 조각만으로도 배가 부른 사람들,
까르르 산정(山頂) 가득 흘러내리는 저 웃음소리들

너무 오래되어 좀이 슨 미움은
지나는 바람의 서랍 속에 처넣으면 되었다
가슴께까지 피었다 만 한 송이 꽃 같은 그깟, 미련쯤
뚝 꺾어 집 앞 강가에 흘려보내면 되었다

마음의 빨랫줄에 옷 한 벌 걸려 있어도 오를 수 없는 곳
깃털이 되어야 비로소 오를 수 있는 곳

해피벨리*

끝내 새 울음소리 산마루를 다 넘어갈 때까지
기다려주질 못하고 서둘러 내려가는 내 발자국 뒤로

절망처럼 지고 가는 건 웃음소리밖에 없는 사람들이
구름 위에서 더 높은 구름 위로
둥둥 떠오르고 있다

* 해피벨리: 인도 북부 무수리 고원 지대에 위치한 티베트인 마을.

불영사, 풍경에 쇠줄을 걸고 사는 물고기는

적막과 적막 사이
허리가 꽉 껴 옴짝달싹 못하는
불영사, 대웅전 처마 끝 풍경에 쇠줄을 걸고 사는 물고기
꿈틀거리자 곳곳에서 뚝뚝 물이 떨어진다

찰나!

깊은 연못 속으로 불영사를 끌고 들어갔다
지금 막 끌고 나온 것이다
경내의 수십 년 된 배롱나무와 부처의 코밑까지
쳐들어온 속세의 때까지 말갛게 씻겨서 내놓는다

다시 가부좌를 틀고 아주 깊게 심호흡을 하고
흩어졌던 바람을 불러모은다
바람은 그가 넘어야 할 필생의 벽이다
꿈틀거릴수록 더 단단해지는 물고기

온몸으로 부딪혀 바람에 큼지막한 구멍을 내고
그 너머 더 멀리 깊게 떠나려 한다
지느러미를 크게 휘저으며
조금씩 금이 가고 구멍이 나다 이내
수많은 먼지를 일으키며 무너져내리는 적막의 기왓장

연꽃과 거북이

새벽, 턱밑까지 올라온 연꽃 향기를 타고
거북이 한 마리 하늘에서 느릿느릿 내려온다
먼 길을 돌아와 부르튼 발바닥을 이끌고
몸 뉘일 연꽃을 찾아
저 지상 위로 낮게 낮게 가라앉는 달
연꽃 한 그루 서 있는 연못 속으로 사라진다
잠시 지상은 푸르스름한 어둠 속에 잠기고
이내 온몸 가득 거북이를 받아들이는 연꽃
자릴 잡으려는 듯 몇 번 꿈틀거리다가
길고 편안한 잠을 잔다

잠에서 깨어나면 연꽃 향기를 타고
거북이는 다시 하늘로 올라가리라

각화사

고요의 어원은 대웅전 앞

한 움큼 입에 머금은 송홧가루를 내뱉는 소나무 입김이나

흙담 밑에 핀 노루귀를 붙잡고 온종일 놓아주질 않는 햇볕의 속삭임이리라

전3권의 『우리말 큰사전』처럼 산중 깊이 꽂혀 있는 각화사

한순간도 더는 나를 속이지 못하겠다

아주 오래전 사랑 잃고 흐르는 강물에 수장했던 울음소리조차 생시같이 들려오는 이곳에서는

내 미소의 갈피갈피에 꽂아둔 겸손이 얼마나 큰 욕망의 북이었는지 알겠다

그간 걸었던 나의 한 걸음 한 걸음이 그 큰 북을 두들겨댔던 북채였으니

저녁노을이 구름 너머로 연꽃을 피워올리는 각화사

어제보다 한 층 더 높아진 한 기 고요의 석탑이 새로 세

워지고 —

　꽃의 향기를 밟고 잠깐 탁발을 나갔던 나비들이 합장하듯
날개를 저으며 돌아온다

—

민들레

새떼들,
민들레 홀씨 따라 표표히 하늘로 날아오른다
구름밭 속으로 사라진다

강에서 미역을 감던 아이들
물빛에 지워지고 지워지다가
귀만 남은 채 둥둥 떠서 하류로 흘러가고
지나는 나귀의 등을 타고
해가 갈대밭 길을 넘어간다

날개 달린 하얀 민들레가
어둑어둑 땅거미가 깔리는 구름 밭둑에서
새 울음소릴 내며 피고 있다

가을의 전설

싸리꽃 피는 가을이 오면
대추나무에 묶어둔 흑염소의 숨 높이만큼
낮게 구름이 와 깔리곤 하는 산정의 마을은 부산해진다
벌써부터 희고 고운 눈이 오는 소릴 듣기 위해
마당가에 우두커니 서 있던 꽃과 나무 들은
폭죽처럼 터지던 향기와 열매들을 내려놓으며
빠르고 침착하게 앙상한 나뭇가지나 뿌리로 되돌아가고
그해 가장 낮은 목소리로 흐르는 시냇물 따라
한 마리의 송아지 울음도 소음인 듯
서둘러 고삐를 쥐고 돌아오는 어른과 아이 들은
꽉 막힌 제 귓구멍을 후벼파듯
집안의 아궁이며 굴뚝들을 뚫어놓곤 잠든다
잠 속에서도 희고 고운 눈 오는 소릴 듣고
이듬해 봄, 희고 고운 눈 오는 소리로
다시 피어나기 위해 기지개를 켜며 다시 눈 뜨기 위해
한 무더기 노을들, 잠깐 마실 왔다
아예 눌러앉아버린 것 같은
산정의 마을에 싸리꽃 피는 가을이 오면

산해경(山海經) 근처

굴참나무 가득 복사꽃 피어 있는
산마루 길을, 등짝에 두 눈이 가 붙은 아이가
고래를 타고 넘어간다 너무 높아 중천의 해도
아직 이르지 못한 구름 위 숲속
가느다란 연기를 뿜어올리는 오막살이 집 한 채가 있고
귀 일곱 개에 흰 수염이 길게 돋아난
늙은 꽃사슴 홀로 앉아 차를 달이는 곳
한겨울에도 무화과나무 가지에 탐스러운 달이
열렸다 지는 모주인가 묘주인가로
얼굴은 새지만 토끼 귀에 고라니 몸을 한
그곳의 새 울음소릴 들으면
한 일 년쯤은 너끈히 배고픔을 참을 수 있다고
가슴앓이를 하지 않아도 된다고
이번엔 두 손, 두 다리, 가슴, 머리가 모두
따로따로 끊어진 아이가 지렁이같이 꿈틀거리며
거북이를 타고 넘어간다 그 누구도
아직 이르지 못한 구름 위 숲속
하늘 한쪽을 스치고 지나가는
몸은 낙타고 날개가 하나 더 달려 있는
회화나무 가지에도 그윽한 차의 향기가 배어나오는
오늘로 꼭 천년된 모주인가 묘주인가로

눈이, 흰 양들이

눈이 흰 양들이
지친 다리 허기진 배를 이끌고
이 지상을 다시 찾는다
먼 길 먼 산을 돌아 깊은 계곡
가파른 언덕을 넘어 느리느릿 다가온다

그러나 가도 가도 풀 한 포기 자라지 않는
모든 인기척 두꺼운 얼음으로 얼어버리고
저마다 지펴놓은 불빛 속에서
그 누구도 그들을 위하여
마른풀 한 다발, 우유 한 통을
준비해놓은 자 없는 이 지상
오늘도 중심권 저 밖으로 밀려나는
눈, 흰 양들이 주저앉거나
어디론가 바람에 휩쓸려 떠내려가는 것을 바라보며
난 문득 뒤집힌 캄캄한 미래의 속을 들여다본다

차마 입에 담을 수 없는
끔찍한 날들을 공복에 지칠 대로
지친 그들이 언젠가 늑대가 되어
돌아와 울타리를 부수고 가축들을 아니,
잠든 우리들을 잡아먹게 될 날들을

봄여름가을겨울

1

수덕사엘 가보니 소 등에 탄 아이가 하나 있네 한 마리 나
비같이

연꽃에 날아와 앉은 미소는 떠날 줄 모르고 누구에게도
져본 적 없는

천하장사 근심 걱정도 붙잡을 샅바가 없으니 힘 한번 쓰
지 못하네

한 점 티끌조차 맑은 두 눈망울 속엔 몸에서 마음까지 화
살을 맞은 사슴들이 뛰어와

그가 내준 차로 목을 축였다, 돌아가네 다 돌아가면 어제
오늘 내일 없이

소 가자는 대로 물결인 듯 구름인 듯 바람이 뜯는 가야금
소리에 어깨춤 추며

또 먼 길 흘러갔다 흘러오는 그 이름, 달하(達河)라고 하네

2

　태어나 한 번도 햇볕을 본 적 없는 이제 불혹을 갓 넘긴 뒤 꼍 그늘과도 차 한잔

　무리에서 녹슨 나사못같이 떨어져나간 깃털 하나까지 슬픈 외기러기와도 차 한잔

　한 그루 고욤나무가 버린 한 무더기 나뭇잎에게조차 버려진 나뭇잎과도 차 한잔

　누구의 것인지 알 수 없는 담장 너머의 귀때기 떨어져나갈 것 같은 울음과도 차 한잔

　거렁뱅이조차 달가워하지 않는 이슬을 맞으며 새벽길을 걸어가는 찬바람과도 차 한잔

　뭔 세월을 어떻게 살아왔는지 성한 데 없이 몸 곳곳이 상처뿐인 기왓장과도 차 한잔

　지천에 깔린 게 너무 많아 손길은커녕 눈길 한 번 준 적 없는 돌멩이와도 차 한잔

　온몸이 부서진단 걸 알면서도 구름을 헤집고 또 뛰어내리는 장대비와도 차 한잔

　봄나물같이 싱싱한 미소를 뜯어다 잘 씻겨놓은 듯 떠 있는 초승달과도 차 한잔

3

가려운 허벅지를 벅벅 긁다가 중심을 잃고 뒤로 자빠진 긴
팔원숭이였다가

하품을 하다 턱이 빠진 듯 위턱과 아래턱이 따로 노는 바
람이었다가

태어나 단 한 번도 자기 생각을 뒤집은 적 없는 너럭바위
였다가

해가 뜬 줄도 모르고 아직도 산기슭에서 늦잠을 자는 몇
명의 고요였다가

눈비가 들이쳐도 웃고, 쥐들이 오줌똥을 싸놓아도 웃는
돌부처였다가

배롱나무 가지마다 배꼽 잡고 웃는 아이같이 데굴데굴 구
르는 이파리였다가

아직 한 번도 연못 이쪽에서 저쪽으로 건너간 걸 본 적이
없는 거북이였다가

산국 가지에 피었다 산수유나무에 피었다 떨어지는 꽃봉
오리였다가

산까치같이 떼 지어 날아올랐다 고요가 되어 산허리를 돌
아오는 풍경 소리였다가

4

동(東)에서 서(西)로 구름밭을 일구며 소는 가고요

바닷속, 앵두나무에 핀 복사꽃 매화꽃까지 옮겨가 붙고요

바다에서 올라온 버들치들 산을 넘어가 별이 되고요

해안을 거닐던 새들 둥지를 튼 조개 속으로 날아가고요

칠월

그리움이 세운 시골 역
긴 여정에서 잠시 발을 멈춘,
기차가 깜빡 졸고 있다
버려진 과자처럼 하늘은 조용하다
역장의 빨간 깃대에 걸린
하늘 한쪽부터 소리 없이 부숴먹는 밀잠자리떼
술기운처럼 노을이 퍼지자
기차는 다시 달린다

춘천

둑으로 막아놓은 들판
피부가 약해 쉬 부스럼을 타는
키 작은 조각배를 등에 업고
푸른 암소 한 마리
겨우 걸음마를 배운 바람을 쫓아가고 있다
방향을 바꿀 때마다 떨어져나가는
물고기 입에 제 젖꼭지를 물려주며

푸른 암소는 한 번도 둑을 넘어가본 적이 없다

생가

하루 종일 모래 장난을 했다
햇볕에 닿은 모래는
금세 금이 되어 마당을 뒤덮었다
계단까지 온통 금인 궁궐을 지었다
금마차를 타고 때론 들판을 달리곤 했다
싫증이 난 어린 코끼리, 이번엔
비스듬하게 기운 나무를 기어오르고 있었다
나뭇가지 끝, 벚꽃처럼 피어 있는 뭉게구름을 따라
얼마 안 가서 그만 무게를 못 이긴
나뭇가지가 뚝 하고 부러져 내리고 있었다
어느샌가 달려와 어린 코끼리를 감싸안고
양지 바른 곳에 내려놓고 가는, 그 길고 부드러운 손
언제나 어린 코끼리 곁엔 커다랗게 두 귀를 세운
어미 코끼리가 느티나무처럼 서 있었다

간이역

따지고 보면 절망은 얼마나 사소하고 하찮은 것에
쉬 감동을 받는 가슴을 지닌 것이냐

잊을 만하면 찾아오는
하루 두 번 정도의 기차와
오랜 적막에 길들여진 벤치,
아직도 버리지 못한 누군가의 우수처럼
서너 그루의 소나무가 소리 없이 우는 해변의 간이역
낡은 자판기에서 뽑은 따스한 한 잔의 커피와 함께
시작도 끝도 물거품인 바다 한가운데서
치솟아오르는 철새를 바라보다
문득 살아야지 살아봐야지
몇 번인가 주먹을 쥐고 또 쥐는
내 다짐의 손바닥처럼

메기의 추억

새벽별 지면
구름 둔덕에 올라와 앉던 소
아직도 크고 맑은 눈망울을 굴리고 있으리

그 크고 맑은 눈망울 속에서
물방개와 버들치는 철없이 첨벙거리고 있으리

배롱나무가 뻗어올린 가지는
벌써 구름 둔덕에 가닿아 열매를 맺었으리

곱게 핀 매화꽃을 바라보며
참숯처럼 제 속만 태우던 복사꽃은
이젠 실한 불길이 되어 매화꽃을 가슴에 안았으리
구름 둔덕 아래 어딘가에서
매화꽃 닮은 앵두꽃을 키우고 있으리

결행(決行)

김씨가 자전거를 타고 하늘로 날아오른 지 두 달이 지나
고 있었다
그가 운영하는 자전거포는 뽀얀 먼지를 뒤집어쓰고 있었다
그가 하늘을 나는 자전거를 만들기로 마음먹은 건 E.T라
는 영화를 본 직후였다
외계인 E.T를 태운 자전거가 하늘을 날아오르는 모습은
그를 사로잡았다

당장 고등학교를 때려치웠고 부모 몰래 가출을 했다
알코올 중독자인 아버지는 상습적으로 구타를 했고 어머
니는 술집 마담이었다
자전거 회사에 들어가기엔 아직 어려 자전거포 점원으로
들어갔다
주인은 이 년이 넘도록 청소만을 시켰다 숙식만 제공했고
굼뜨다고 몽둥이질은 예사였다
무슨 수를 써서라도 그는 이 년 내에 수리를 터득한 후 다
시 이 년 내에 자전거포를 차지하겠다고 이를 악물었다

뜻을 이뤘다 간판을 새로 달고 문을 열었다 고철이 돼버
린 자전거를 새것처럼 척척 고쳐주었다
이제 하늘을 나는 자전거를 만들면 되었다 하지만
날이 갈수록 더 많은 손님들이 몰려오자 그는 아무것도
할 수 없었다

一　　자전거포를 일주일에 두 번만 열기로 하였다

　　장대비가 쏟아지던 날, 가출을 한 여고생이 찾아왔다 하룻밤을 재워준 것이 화근이었다
　　딸을 갖게 되었고 딸은 초등학교를 들어갈 나이가 되었다
　　그는 아무것도 할 수 없었다 다시 이 년 내에 하늘을 나는 자전거를 만들기로 다짐했다
　　밤낮없이 문을 닫아걸고 불을 켠 채 작업장에서 나오지 않았다

　　이 년이 다 된 어느 날, 느닷없이 천둥 같은 울음소리가 흘러나오더니 이내 벼락같은 웃음소리가 새어나왔다
　　다시 침묵이 흘렀고 그는 안내문을 붙여놓고 자전거포 문을 닫았다

　　제가 만든 자전거를 타고 전 이제 하늘로 올라갑니다

　　그가 가출을 해서 이 마을에 왔다 자전거를 타고 하늘로 올라가버릴 동안 신문지상엔 끔찍한 미제 사건들이 오르내렸다
　　팔과 다리는 어느 야산에 머리와 몸뚱이는 강가에 버려진 중년 부부 사건이 발생했고
　　수차례 몽둥이로 맞은 후 불에 태워진 사십대 중반의 남

자 시체가 한강 위로 떠올랐다

　토막 난 채로 하수구에 버려진 이십대 주부와 어린 딸도
발견되었다

　추측과 혐의만 난무할 뿐 물증은 없는 세월이 흘러가고
있었다

　판도라 상자처럼 그 누구도 굳게 닫힌 자전거포 문을 열
려고 하지 않았다

　그가 자전거를 타고 하늘을 향해 날아오르는 걸 봤다는 사
람은 아무도 없었다, 다시 긴 침묵이 이어지고 있었다

사랑채 소사(小史)

안동에 사는 내 친구 민수 큰이모가 오던 날 밤이었대요
자기가 자는 줄 알았던 어머니가 대뜸 큰이모에게 그간 가
슴속에 묻어놓았던 이야기보따리를 풀어놓더래요 어머니는
시집와서 나이 서른이 넘도록 애를 갖지 못하셨대요 하도
할머니가 타박을 해 하루는 궁둥이가 펑퍼짐한 색시를 아버
지에게 붙여줬는데 사랑채에서 그 빌어먹다 급살 맞은 년과
밤낮없이 고 짓만 하더래요 어머니는 교성을 듣지 않으려고
욕이란 욕 다 하며 마늘을 깠는데 왜 있잖아요 그럴수록 더
들리는 거 얼마나 소리가 크던지 외양간 소가 방에 들어가
서 밤새도록 들이받는 줄 알았대요 한번 눈에 띄면 고년 상
판대기를 후려갈기고 싶더래요 어느 날 요강 씻으러 나온
고년을 냇가에 데리고 가 혼쭐나게 팼는데 고자질한 줄도
모르고 이부자리 바꿔주러 들어갔다가 아이고나 얼마나 두
들겨 맞았는지 눈탱이가 밤탱이가 되어 나오셨대요 어머닌
밤새 우물가에 주저앉아 우셨는데 글쎄 고 쌍년이 다락에
넣어둔 금가락지를 훔쳐 야반도주를 했더래요 하늘 반 땅
반 보며 한숨을 쉬는데 별안간 입덧이 나오더라나요 손가락
을 꼽아보니 한 달포만 참았어도 되었을 것을 온종일 민수
어머니는 땅바닥을 치며 후회를 하셨대요

배는 자꾸 앞산만큼 불러오고 어머니는 밤마다 먹고 싶지
도 않은 순대머리를 아버지에게 시켰다, 읍내에서 돌아오면
다시 곶감 먹겠다며 돌려보내셨대요 민수 낳을 땐 아버지

멱살을 잡고 민수 몸뚱어리가 밑구녕으로 다 빠져나올 때
까지 귀싸대기를 때렸다, 머리끄덩이를 잡아챘다 했대요 민
수 두 살 땐가 미군부대에서 빼돌린 화장품 팔기 위해 사랑
채에서 어머니를 기다리는 양공주 년에게 눈독을 들이는 아
버지를 보고는 아예 사랑채를 부숴불고 그곳에 회화나무를
심으셨대요 그후부터 민수는 사랑채란 말만 들어도 가슴이
뛰었대요 고 짓거리 하는 방이라 사랑채란 이름이 붙은 거
라 생각했대요 중학교 때야 비로소 사전을 보고 그 뜻을 알
았지만 그래도 사랑채 있던 자리에 핀 작약만 봐도 얼굴이
빨갛게 달아올랐대요 세월은 흘러 민수는 장가가서 딸아들
낳고 아버지는 회화나무가 내려다보이는 선산에 묻히시고
회화나무도 자랄 만큼 자라서 몇 대째 제 몸에 둥지를 튼 새
의 가계를 이어주다가 그만 태풍에 뿌리째 뽑힌 어느 여름
철 서울서 내려온 민수가 뒤에 와 서 있는 줄도 모르고 어머
니는 고놈 참 시원하게 잘도 넘어갔다 하더래요 흙 묻은 손
툭툭 털며 이젠 이곳에 아무것도 심지 말아야지 하더래요

산다화(山茶花) 나무 사이로

산다화 나무 사이로
오늘도 바람이 불고 있다
불지 않기 위하여
꽃잎을 잡고
꽃잎이 떨어지면
이파리를 잡고
이파리가 떨어지면
가지를 잡으며
뿌리를 향해 가고 있다

청담동

커피 향에
반쯤 목이 잠긴 청담동
공사중이라
며칠째 장날처럼 선 흙먼지 언덕길에
막 꽃봉오리를 맺는 매화는
가만히 있지 못한다
분(粉)이며 비단 뭉치 가득 메고 방물장수 넘어올 것 같아
구름인가 바람인가에게로 꽃가마 타고 시집갈 것 같아
두근두근 가슴이 뛴다

저녁의 부메랑

서울역 도착 두 시간 사십오 분 전, 모든 걸 걸었지만 끝내 눈물이었고 후회였고 상처뿐이었던 사랑이

작년에도 그랬듯 멀리 국화 같은 웃음 한 송이 입에 물고 손 흔들어주는 저 키 큰 역무원이었으면 좋겠다

그리하여 다시는 찾지 않겠다고 수백 번 맹세했지만 또다시 뒤돌아볼 수밖에 없던 사랑이

제 속도 타는데 새 울음 그칠 때까지 꼼짝도 않고 길 내어주는 저 노을이었으면 좋겠다

무슨 종교인 양 매달리고 붙잡으며 따를 수밖에 없던 사랑이

어미 잃은 송아지의 불안한 잔등을 온종일 토닥여주는 저 바람이었으면 좋겠다

생각만 해도 벌써부터 천치같이 두근두근 가슴 뛰기 시작하는 사랑이

목이 마르면 그 누구든 기꺼이 제 몸을 내어주는 뼛속까지 맑은 저 우물이었으면 좋겠다

다소곳했던 바람이 훗날 탕아가 되어 돌아와도 서슴없이
받아주는 한 그루 느티나무였으면 좋겠다

　서울역 도착 두 시간 사십오 분 전 손잡아보기는커녕 아
직 얼굴 한 번 제대로 본 적 없는 사랑이

　실과 바늘처럼 누군가의 마음속 상처를 봉합해주고 막 마
을을 빠져나가는 덩치 큰 저 세월의 뒷모습이었으면 좋겠다

　좋겠다 하고 싶은 말 턱밑까지 차 있어도 하찮은 풀잎의
흔들림에도 두 귀를 기울여주는 적막이었으면 좋겠다

홍길동

처음 그가 홍길동이란 이름을 사용한 건
회사 동료 회식을 위한 음식점이나
접대용 룸살롱 예약을 할 때였다 발음하기 어려운
그의 원래 이름은 단 한 번도 맞게 표기된 적이 없었다
언제나 웃음거리와 조롱의 대상이 되곤 했다
그의 동네에서도 옷이나 수리할 물건을 맡길 때도
그는 홍길동이란 이름을 사용했다 발음하기 어려운
이름은 조금씩 자신에게서조차 지워져갔다
그후부터 이상한 일들이 벌어지고 있었다
상습적으로 직위를 이용해 여직원을 희롱하던
김부장이 돌연 사표를 내는가 하면 거래처 직원과 짜고
회사 돈을 빼돌리던 경리 직원도
행불이 된 채 연락이 두절되었다
골목골목 상점을 돌며 돈을 뜯던 동네 건달들도 사라졌고
홀로 할아버지를 봉양하며
PC방 알바를 다니던 진구네 집 마당엔
한 달에 한 번 꼴로 돈 봉투가 놓여 있곤 했다
한 번은 고관대작들의 집이 연쇄적으로 털리기도 했다
아무도 누구의 소행인지 알 수 없었다
어느 날 삼 년 만에 어린 세 자매를 성폭행한 범인이
한강변에서 손발이 묶여진 채 시신이 되어 발견되었다
경찰은 범인이 누군가와의 사투 끝에 사망했다고 했다
현장의 낭자한 피로 보아 범인을 죽이고 사라진

익명의 사내도 치료를 받지 않았다면
사망했을 것으로 추정했다
하지만 잠시의 소란과 동요가 있었을 뿐
누구도 그를 찾아내지 못했다 그후부터 어찌된 영문인지
사표를 냈던 김부장이 복직되었고 사라졌던 건달들이
하나 둘 돌아오고 있었다 늘 그랬듯 사람들은
무거운 짐을 진 트럭처럼 각자의 집을 향해 흩어져갔다
더이상 홍길동이란 이름을 사용했던 그도 나타나지 않았다
거리엔 집 나온 나뭇잎들만이 정처 없이 헤매고 있었다

자작나무숲에서

아무도 오지 않는 산골,
뼛속까지 사무쳐오는 눈보라와 비바람이
나를 세웠느니라
단 한순간도 지워진 적 없는
철삿줄 같은 그리움이 나를 만들었느니라
아무리 네가 말하지 않아도 화려한 옷과
과장된 웃음 속에 꼭꼭 숨겨놓았던
너의 아픔 보았느니라 아무리 멀리 있어도
어느 날 전봇대를 부여잡고 폭설처럼 쏟아내던
너의 울음과 생의 벼랑 끝까지
세상에 치이고 떠밀려서 그만 뛰어내리려 했던
너의 마음속 한 마리 새의 날갯짓도
내 다 들었느니라
나에게로 오라 너를 위해
살도 근육도 내려놓고 뼈조차 발라
사철 눈 푸른 고요를 내었느니
햇빛 가득한 하늘, 다 담을
큰 품 허공에 박처럼 걸어놓았느니

시간에 저항하는 기억

양재훈(문학평론가)

망각의 시대

언제부턴가 우리는 바빠졌다. 정신을 차리기 어려울 정도다. 점점 좁아져만 가는 세계 속에서 언제 밀려나갈지 모른다는 불안 때문이었을 것이다. 조금이라도 긴장을 늦추면 모든 것이 사라질 것만 같았으므로, 바쁘다는 것이 살아 있다는 증거라도 되는 것처럼 여기기도 했다. 그러는 동안 생존에 대한 욕구가 우리 삶의 전반을 지배하게 되었다. 생존의 문제와 직결되지 않는 것들, 예컨대 타인과 공동체에 대한 사랑, 배려, 헌신, 공감 따위는 점점 가치를 잃어갔다. 이제 그것들은 언젠가 꽤 중요했던 적이 있는 것도 같다는 희미한 기억으로만 남았다. 어느 사이에 우리는 오직 이 세계에 적응해 살아남는 것만을 목표로 살아가는 생존 기계로 전락해버린 것이다.

숨쉴 틈 없이 꽉 짜인 삶이었고, 너무 많은 것을 소홀히 지나쳐왔다. 그러나 우리가 잊어버린 채 지나온 것들이 그냥 사라지지는 않는다. 그것들은 빈틈없이 꽉 짜인 것처럼 보이는 우리 삶의 어딘가에 숨어 있다가, 어느 순간이 되면 반드시 모습을 드러내기 마련이다. 그럴 때 우리는 단단히 고정돼 있는 것으로 여겨지는 우리의 일상이 얼마나 허약하고 우연적으로 구성된 것인지를 깨닫게 된다.

잊힌 것들이 귀환할 때, 그것들은 둘 중 하나의 얼굴을 하고 있다. 도무지 어떤 다른 가능성도 없어 보이는 꽉 막힌 세

계 속에 아직 남은 가능성이 있음을 보여주는 희망의 얼굴,
아니면 우리가 안전하게 자리잡고 있는 일상의 허약한 지반
을 무너뜨리며 우리의 삶을 파괴하는 괴물의 얼굴. 우리가
망각 속으로 밀어넣은 채 돌아보지 않던 것들이 견디다못해
저 스스로 망각을 넘어올 때는 주로 후자의 모습을 취한다.
어쩌면 지금 우리 사회에서 일어나고 있는 수많은 파국적인
일들이 바로 이런 상황을 드러내는 것은 아닐까? 보도연맹
과 4·3, 광주 등의 학살에서부터 삼풍백화점과 성수대교
의 붕괴, 그리고 서해 페리호 침몰 등에 이르기까지, 우리가
잊어버린 일들이 용산 참사와 쌍용차 사태, 세월호와 메르
스 등을 통해 반복되고 있는 것인지도 모른다. 단순히 그런
일들이 일어나고 있다는 데 대해 이야기하는 것이 아니다.
그런 사건들 자체만큼이나, 때로는 그보다 더 우리를 충격
에 빠뜨리는 것은 그것들을 둘러싼 반응들이다. 도무지 믿
기 어려울 만큼 야만적인 말들이 아무렇지 않게 내뱉어지고
유통되고 있다는 데 그 사건들의 괴물성이 있다. 지금 우리
를 둘러싸고 일어나는 일련의 사태들이 끔찍한 이유는, 그
것이 우리 자신을 괴물로 만들고 있기 때문이다.

　지금 우리는 우리가 과거 속으로 미뤄둔 채 잊어버린 것들
이 괴물이 되어 돌아와 우리에게 행하는 복수의 시간을 살
아가고 있는 것인지도 모른다. 때문에 지금 그 어느 때보다
도 '기억하기'의 중요성이 강조되고 있다. 특히 세월호의 침
몰과 그것을 둘러싼 믿을 수 없는 말들을 목격한 뒤, 우리는

지금의 상황이 파국적임을 인정할 수밖에 없게 되었다. 더 이상 심각하지 않은 척 넘길 수 없게 된 것이다. 그렇게 우리는 망각에 저항하는 것이 얼마나 중요한 일인지 아프게 깨달아야 했다. 하지만 그것은 중요한 만큼 지난한 일이기도 하다. 망각을 만드는 것은 다름 아닌 동일한 리듬으로 반복되며 변함없이 지속되는 일상적 시간의 흐름인바, 망각에 저항한다는 것은 우리의 일상을 지배하고 있는 연대기적 시간의 흐름을 거스른다는 것을 뜻하기 때문이다.

어떤 시들은 바로 그런 일을 위해 쓰인다. 함명춘의 시가 그렇다. 그의 시는 시간의 흐름 속에서 잊혀버린 것들을 기억해내고 복원함으로써 연대기적 시간의 흐름을 정지시키고 되돌리려 한다. 그렇게 돌아온 것들은 존재한 적 없는 다른 시간의 흐름 속으로 지금 우리의 시간을 접속시킬 수 있는 계기가 된다. 어떤 면에서는 17년 만에 나온 함명춘의 이 두번째 시집 자체가 망각을 넘어서 왔다고 해도 좋을 것이다. 이제 함명춘의 시가 어떻게 시간의 흐름 속에서 정지의 계기를 찾아내는지, 또는 시간 속에 정지를 삽입하는지 살펴보자.

실종

함명춘의 시에서 가장 많이 보이는 것 중 하나가 실종의 모티프다. 그의 시 중에는 누군가의 이야기를 들려주는 작품이 많은데, 그 대부분이 그들의 실종을 다루고 있다. 사라진 사람들, 아니, 물고기나 새우 같은 주인공이 포함되어 있으니 사라진 존재들이라고 하는 편이 좋겠다. 사라진 존재들을 둘러싼 이야기를 시적 상상력을 통해 재구성해 들려주는 그런 작품들을 통해, 우리는 함명춘의 관심사가 잊히고 버려진 존재들을 향해 있음을 알 수 있다. 그들은 직장 동료들과 어울리지 못한 채 묵묵히 일만 하며 동료들의 뒷담화에 오르내리다 사표를 내고 사라진 물고기이기도 하고, 곡마단에서 공연을 하다 다친 뒤 아무런 보상도 없이 쫓겨난 새우이기도 하며, 항상 무언가를 쓰고 있었지만 끝내 한 작품도 남기지 못한 채 떠난 무명 시인이거나 경제적 기능으로 축소된 가장의 역할을 수행하지 못하며 살다가 철로에 몸을 던진 연극배우, 혹은 살인 누명을 쓰고 감옥에 다녀와 갱도에서 석탄이 돼버린 광부이기도 하다.

「물고기」를 보자. 우리는 쉽게 이 시의 물고기가 우리 주변에서 어렵지 않게 볼 수 있는 어떤 종류의 사람들을 가리키는 은유적 표현임을 알 수 있다. 그들은 사람들이 하는 말의 속뜻을 알아차리지 못한 채 표면적인 의미 그대로를 받아들이며, 그런 탓에 자신이 맡은 일을 충실히 수행하지만 항상 다른 사람들의 뒷담화의 표적이 된다. 한없이 착하고 성실하지만 또 한없이 단순하기도 해서, 그야말로 물고기처럼 사람들의 빈말에 잘 '낚이'며 곧잘 이용당한다.

「물고기」는 그런 한 사람, 혹은 한 물고기의 이야기이다. 이 시에는 연 구분이 없지만 내용상 네 부분으로 나눌 수 있다. 각 부분에서는 그가 물고기라는 의심을 불러일으키는 정황(1~5행), 평소 그의 업무 태도(6~17행), 그가 물고기임이 사실로 드러나고 마침내 회사를 떠나게 되는 이야기(18~33행), 그리고 그후의 회사 분위기(34행 이하)가 제시된다.

"그의 몸에서는 늘 비린내가 났다"는 말로 시작되는 첫 부분을 읽으면 즉각 '왕따'라는 말이 떠오를 것이다. 몸에서 나는 냄새는 왕따 문제에서 빠지지 않는 레퍼토리다. 하지만 따돌림을 당하는 누군가의 몸에서 무슨 냄새가 난다면 그것은 단지 그가 따돌림을 당하기 위해서다. 그는 몸에서 나는 냄새 때문에 따돌림을 당하는 것이 아니라 단지 따돌림을 당하고 있을 뿐이며, 냄새라는 원인은 사후적으로 덧씌워진다. 첫 부분의 담화 구성 방식은 이 점을 보여준다. 첫번째 진술만 읽었을 때는 그의 몸에서 비린내가 난다는 것이 객관적인 사실인 것처럼 보인다. 그런데 이 말 뒤에는 마침표가 찍히지 않은 채 그를 둘러싼 주변의 농담들이 이어진다. 그의 냄새에 대한 진술과 그를 둘러싼 농담들이 둘을 분절하는 기호 없이 이어지는 것이다. 이로써 둘 사이에 연속성이 부여된다. 결국 첫번째 진술이 뒤이은 농담들과 동일한 수준으로 격하되어 객관성을 상실하게 된다. 그의 몸에서 나는 비린내가 먼저 서술되었다는 점과 그를 둘러싼 농담들을 통해 그 비린내의 객관성이 흔들리게 된다는 점은, 따돌림이 발생한 후에 덧씌워지는 원인(비린내)이 강력한 효과를 발휘함으로써 인과관계를 역전시키게 된다는 점과 그것이 그렇게 덧씌워진 것일 뿐 실제 인과관계와는 무관함을 동시에 환기시킨다.

두번째 부분은 그가 실제로 따돌림을 당하게 된 이유를 짐작케 한다. 그는 수년 동안 조용히 자기 자리에 앉아 맡은 업무를 수행하고 더이상은 아무런 활동도 하지 않는 직장인이었다. 그는 한 번도 지각을 하지 않았고 점심시간에도 일만 하는 종류의 인간이었다. 동료들과 환담을 나누거나 회식 자리 같은 곳에 나가지도 않았다. 여기에서 그는 태생적으로 다른 사람들과 다른 종류의 인간인 것처럼 보인다.

이 부분은 첫 부분보다 시간적으로 앞선 이야기인 것 같다. 잉어가 숨을 쉴 때 하는 행동 같은 그의 평소 버릇에 대한 서술 뒤에, "그때마다/동료들은 고개를 갸웃거리며 몇 번의 혀를 차는 것으로 흘려버리곤 했다"는 말이 이어져 있어 그가 아직 첫 부분에서와 같은 노골적인 뒷담화의 대상은 아님을 알려주기 때문이다. 여기에서 서술되는 것은 단지 그에 대한 무관심뿐이다. 사실 그것이 중요한 점이기도 하다. 앞뒤에서 드러나는 그를 향한 노골적인 조롱과 악의적인 호기심의 강도에 비해 그의 독특한 행동에 대한 관심은 너무 적지 않은가? 이를 앞뒤 부분과 연계해 읽으면 그에 대한 동료들의 태도가 공감 없는 호기심에 불과함을 알 수 있다. 여기에서 우리는 소위 '시민적 무관심', 타인의 사적인 영역을 침범하지 않기 위해 필요 이상의 관심을 두지 않는 태도가 어떻게 정반대의 태도로 역전되는지를 본다. 여기에서 그것은 타인의 사생활을 존중하는 태도가 아니라 부담스러운 사적 관계를 피함으로써 타인의 고통을 편리하게 외면할 수 있는, 심한 경우 마음껏 비웃기까지 할 수 있는 조건으로 작용한다.

세번째 부분에서는 네 부분으로 나뉘는 모든 구성물들과 마찬가지로 이야기가 절정에 도달한다. 그가 실제로 물고기였음이 밝혀지고, 사내가 그를 포획하려는 동료들의 행동으로 술렁거린다. 그가 오래전에 써둔 사직서가 발견되기도 하는데, 이는 일에 파묻혀 있다시피 했던 그를 다른 각도에서 보게 한다. 어떤 자리에도 나가지 않고 잠시도 쉬지 않으며 일하던 그였지만, 그가 다른 사람들과의 관계를 통해 채워야 할 결여 없이 오직 일만 하는 것으로 충분히 자기를 충족시킬 수 있는 종류의 인간은 아니었던 것이다.

마지막 부분에서는 일종의 반전이 일어난다. "빗물 속으로 뛰어들고 싶다"는 누군가의 외침이나 "사라졌던 생선 비린내가 다시 새어나오"기 시작했다는 서술, 그리고 "그들 중 누군가의 몸에 비늘이 돋고 있을지도 모를 일"이라는 마지막 문장은 그가 사라진 자리에서 다시 누군가가 물고기가 되어 그 자리를 채우게 될 것임을 암시한다. 그렇다면 실제 정체가 물고기였던 그는 그 자신과는 상관없이 사내에 반드시 있는 물고기의 자리에 들어섰던 것일 뿐인 셈이다. 그리고 마지막 문장 직전에 진술되는 "서로를 의심하기라도 하듯/그들은 두리번거리며 몸에 코를 대고 쿵쿵대고 있었다"는 말은, 그를 물고기로 만들었던 것이 다름아닌 다른 사람들의 의심 어린 시선이었음을 함축하고 있다.

귀환

「물고기」의 그는 그의 본성이나 의지 따위와 상관없이 단지 물고기의 자리에 들어섬으로써 물고기가 되었다. 그렇다면 그런 자리는 왜 있는 것인가? 그것은 불안 때문에 있다.

　정신분석학은 불안이 인간의 가장 기본적인 정서이자 거짓말을 하지 않는 유일한 감정이라고 말한다. 인간은 결코 자기를 둘러싼 세계를 움직이는 원리를 완전히 파악할 수 없다. 인식의 도구이자 조건인 언어가 모든 것을 재현하지 못하는 미완의 상태로 존재하기 때문이다. 불안은 이 미완의 구조에 기대어 세계를 인식하고 삶의 방식을 결정해야 한다는 데 기인한다. 그러나 언어가 불완전하다는 것은 아직 언어에 의해 포착되지 않은 어떤 대상이 실재한다는 말이 아니다. 헤겔-라캉주의적 관점에서, 언어가 현실을 완전히 재현하지 못하는 것은 현실 자체가 불완전하기 때문이다. 요컨대 언어와 현실 사이의 간극처럼 보이는 것은 실은 현실 자체에 내재하는 간극이다.

현실은 완결된 법칙에 따라 존재하는 것이 아니라 비정합적으로 그저 있을 뿐이다. 때문에 현실이 현실로서 작동하려면 근본적으로 무의미하고 우연적인 자연이 길들여져 예측 가능한 질서가 부여된 세계로 구성되는 과정을 거쳐야 한다. 이 과정에서 세계 속의 간극은 대체되고 전치되어 다른 무엇으로 표현된다. 바로 이곳에 저 희생물의 자리가 있다. 지젝이 '이데올로기의 숭고한 대상(sublime object of ideology)'이라고 부르는 이 희생물은, 현실의 구조적 불완전성을 가리기 위해 설정되는 부정적 참조항이다. 세계의 정상적인 작동을 방해하는 일종의 침입자를 설정함으로써 그 비정합성에 따르는 위험으로부터 현실의 외관을 보호하는 것이다. 우리는 저 희생물의 자리에 누군가를 밀어넣음으로써, 바로 우리 자신이 그런 희생물이 될 수 있는 현실로부터 안전한 거리를 확보한다.

하지만 앞서 말했듯 그런 희생물들이 단순히 이 세계에서 버려진 채 사라지기만 하는 것은 아니다. 우선 그들, 직장 동료들 틈에 섞여 있는 물고기와 허리를 다친 새우, 철로에 몸을 던진 연극배우와 석탄이 된 광부 들은 때로 세계로부터 버려졌을 뿐 아니라 스스로 세계를 버린 자들이기도 하다.

애초부터 이곳에 뿌리를 내리는 게 아니었다

행복이란 원래 가질 수 없는 것이었다
힘센 어둠의 무리들이 손 닿지 않는 곳에
아주 교묘하게 매달아놓은 저 달처럼
여기는 몸에서 마음까지 끊이지 않는 열기와
피도 눈물도 없는 모래로 가득한 사막
(……)
떠나야 한다 다시는 돌아오지 말아야 한다
(……)
자동으로 열리는 기차 승강구에 내 몸을 구겨넣는다
드디어 촘촘히 박혀 있는 어둠을 가르며 기차가 달린다
하지만 난 어디로 가는가 과연 돌아갈 곳이 있긴 한 건가
기억이 나질 않는다 들리지도 이젠 보이지도 않는다
                                                    —「귀향」부분

  그들이 세계를 버리는 것은 "힘센 어둠의 무리들이 손닿
지 않는 곳에/아주 교묘하게 매달아놓은 저 달처럼" 행복
이 눈에만 보일 뿐 손에 잡히지는 않는 것이기 때문이다. 이
세계는 화려한 외관으로 우리를 유혹하며 서로 싸우게 함
으로써 스스로를 작동시킬 동력을 얻는다. "몸에서 마음까
지 끊이지 않는 열기와/피도 눈물도 없는 모래로 가득한 사
막"과 같은 이곳에서 살아남기 위해서는 "무엇이든/단숨에
쓰러뜨리고 씹어 삼켜야" 한다. 저들은 결국 "동이 트면 다
시 내 몸엔 까칠한 갈기와 이빨이 자랄 것"이 싫어서 세계

를 버린다.

그러나 세계를 버린다고 해서 '귀향'이 가능한 것은 아니다. "드디어 촘촘히 박혀 있는 어둠을 가르며 기차가 달"려도, "과연 돌아갈 곳이 있긴 한 건가/기억이 나질 않는다 들리지도 이젠 보이지도 않는다". 이곳에 뿌리를 내리기 전의, 행복이란 것을 가질 수 있었던 고향 따위는 애초에 존재한 적이 없기 때문이다. 그러니 "다시는 돌아오지 말아야 한다"고 다짐하더라도 결국 돌아오지 않을 도리가 없다. 문제는 어떻게 돌아오느냐다.

1
그녀가 돌아올 시간이다 오랜 동안 그녀의
몸을 감싸던 추위의 겉옷 굶주림의 속옷을 벗어던지고
성에 낀 유리창 불 꺼진 수십 개의 방이 딸려 있는
얼음의 집 담장을 넘어 그녀가 대지의 품에 안길 시간
이다
그녀의 가슴, 곧게 뻗은 다리 아니 그녀의 손끝만 닿아도
일제히 푸른 연기를 내뿜으며 타오르는 숲과
몸속 깊이 감춰둔 성기를 꺼내 밀듯
나무와 풀잎을 풀어놓는 산줄기들
(……)
강은 구름과 함께 바다로 흘러가리라 저녁 무렵까지
일제히 포문을 열고 쾅쾅 폭죽을 터뜨리는 꽃잎

저 향기의 포성들은 끓일 날이 없으리라
그녀가 돌아올 시간이다 치마를 걷어올리고
내를 건너듯 산과 들을 가로질러 순식간에 지붕을 덮
치는
커다란 불, 그 얼굴을 확인할 수 없을 만큼
머리부터 발끝까지 뜨거운 열기로 활활 휘감긴

—「춘화」부분

　제목이 '춘화'임에도 그림 속에 있어야 할 그녀가 없다. 주인
공인 여자가 없는데 그 그림을 춘화라고 부를 수 있을까? 춘
화(春畵)일 수 없으니 그림 속의 숲에는 봄이 오지 않았다. 숲
은 그녀를 뺏긴 채 오랜 겨울을 견디며 금욕당해왔다. 하지만
이 그림의 대상은 그녀가 없는 숲이 아니라 그림 속에 부재하
는 그녀다. 오랜 금욕을 견뎌온 숲의 모든 것이 그녀가 있어
야 할 자리를 가리킨다. 그리하여 이 춘화는 여자의 몸을 보
여주지 않으면서도 오히려 더욱 에로틱한 분위기를 연출한
다. 그녀가 돌아올 시간이 그림 속에 언제나 임박해 있고, 임
박한 그녀의 귀환 앞에 대지의 모든 것이 팽팽히 긴장해 있
다. 폐허가 되어 오래도록 버려져 있던 불의 성지는 "치마를
걷어올리고/내를 건너듯 산과 들을 가로질러 순식간에" 돌아
올 그녀의 손끝만 닿아도 일제히 타오를 것이다.
　강렬한 성욕이 혁명적 열망과 뒤섞인 형국이다. 그러나
그녀의 귀환이 이렇듯 뜨거운 환희로 가득할 수 있는 것은

그것이 아직 임박해 있기 때문이다. 모든 것을 불길 속에 휘감는 정화의 실재는, 막혔던 강을 다시 흐르게 하는 것으로 끝나지 않는다. 그 이면에는 이곳에서 밀려난 "눈이 흰 양들이" 순한 본성을 완전히 뒤집은 채 돌아와 분노로 이 세계를 덮쳐 버릴 미래가 있다.

> 눈이 흰 양들이
> 지친 다리 허기진 배를 이끌고
> 이 지상을 다시 찾는다
> 먼 길 먼 산을 돌아 깊은 계곡
> 가파른 언덕을 넘어 느릿느릿 다가온다
> (……)
> 차마 입에 담을 수 없는
> 끔찍한 날들을 공복에 지칠 대로
> 지친 그들이 언젠가 늑대가 되어
> 돌아와 울타리를 부수고 가축들을 아니,
> 잠든 우리들을 잡아먹게 될 날들을
> ―「눈이, 흰 양들이」 부분

흰 눈을 가진 양들에 대해 말하는 것인지 눈을 흰 양에 비유해 말하는 것인지는 모르겠다. '눈이'와 '흰 양들이' 사이에 제목에서는 콤마를 삽입했고 본문에서는 그냥 이어 말했으니 아마 양쪽 모두를 겨냥한 말이었을 것이다. 재미있는 중의적 표현이지만 어느 쪽으로 읽든 시의 주제는 달라지지 않는다. 이 땅은 이미 "모든 인기척 두꺼운 얼음으로 얼어버리고/저마다 지펴놓은 불빛 속에서/그 누구도 그들을 위하여/마른풀 한 다발, 우유 한 통을/준비해놓은 자 없는" 곳이다. 이런 곳에서조차 자리를 얻지 못하는 양들은 우리의 눈에 띄지 않는 곳에서 늑대로 변신하는 중이다. 그들이 돌아올 때, 이 좁은 세계 속에서 그나마 붙들고 있던 우리의 일상은 한꺼번에 무너질 것이다.

다른 시간

그렇다면 다른 길은 없는가? 이곳에서 자기 자리를 얻지 못한 채 밀려난 양들이 늑대가 되어야 하는가? 버려져 복수를 꿈꾸는 괴물이 되지 않는 한, 온통 얼어붙은 땅에서 누구에게도 곁을 내줄 수 없는 조그만 불빛을 지키는 데 온 힘을 쏟으며 살아가는 수밖에 없는 것인가? 지금 우리의 일상을 지배하는 연대기적 시간 구조 속에서라면, 그렇다. 이 시간이 진화론적 메커니즘에 의해 작동하기 때문이다. 끊임없이 누군가를 물고기의 자리에 밀어넣는 이 세계는 과거로부터 승리해왔다.

함명춘의 시를 읽다보면 그것이 과거 지향적이라는 인상을 받기가 쉬운데, 실은 그렇지 않다. 그의 시가 자주 과거로 돌아가며 그 안에서 어떤 가치들을 찾아내는 것은 사실이지만, 함명춘은 현재의 냉혹한 세계가 과거로부터 이어져 내려온 것임을 잘 알고 있다. 때문에 그가 그리는 과거에는 돌아보기 힘든 끔찍한 기억들도 포함되어 있다.

아직도 내 기억을 눌러쓰고 있는 빨간 모자 군용 트럭으로 끌려간 형의 머리카락을 싹둑싹둑 잘라내던 빨간 모자 농성중인 여공들에게 쇠파이프를 휘둘러대던 빨간 모자 무허가 판잣집들을 무허가 해머로 마구 때려 부수던 빨간 모자 그것도 백주대로에서 부녀자를 봉고차에 강제로 실어가던 빨간 모자 법도 윤리도 없는 빨간 모자 벗어 던질 수 없는 내 기억의 기억까지 꾹꾹 눌러쓰고 있는 그 빨간 모자

─「빨간 모자」 전문

울먹울먹 달이 떠오른다
떠오른 달 속엔
아직도 금 간 데 하나 없는
한 채의 집이 놓여 있다
하도 맞아 문신처럼 지워지지 않는,
피멍든 어머니의 등짝과
하도 휘둘러 아예 몽둥이가 되어버린
아버지의 옹이 박힌 손바닥이

짝 안 맞는 고무신짝처럼
나란히 잠들어 있다

　　　　　　　　　　—「화석」 전문

　이 작품들에서 저 끔찍했던 과거는 단지 지나간 아픈 기억으로만 남아 있지 않다. 형을 군용 트럭으로 끌고 가 머리카락을 잘라내고, 농성중인 여공에게 쇠파이프를 휘두르던 빨간 모자는 "아직도 내 기억을 눌러쓰고 있"다. "하도 맞아 문신처럼 지워지지 않는/피멍든 어머니의 등짝"에 대한 기억은 화석처럼 굳어 달이 떠오를 때마다 함께 되살아난다. 이런 기억은 현재의 일상에까지 영향을 미쳐 달이 떠오르는 밤들을 그때와 동일한 고통으로 물들인다.

　이 고통들이 단지 과거의 것으로 머물지 않는 것은, 정리되지 못한 채 세계로부터 잊혀버렸기 때문이다. 물고기들을 물고기의 자리에 밀어넣는 세계는 그들을 잊어버릴 것을 강요한다. 그래야만 그 부당함을 가릴 수 있기 때문이다. 그런 세계에서 살아가는 주체들은 그들을 애써 망각한다. 그래야만 살아남았다는 안도감 속에서 자기 역시 그런 희생물이 될 수 있다는 불안한 사실을 외면할 수 있기 때문이다. 또한 그래야만 가만히 있음으로써 그들을 희생시키는 데 동조했다는 죄책감을 지울 수 있기 때문이기도 하다.

　세계는 우리의 망각을 통해 스스로를 유지해왔고, 우리는 우리의 일상을 지키기 위해 저들을 망각해왔다. 그러나 잊

힘으로써 그들의 복수는 이미 이루어진다. 그들을 망각한 우리는 억압되었으되 사라지지는 않는, 그리하여 끊임없이 되돌아오는 죄책감과 불안에 시달려야 한다. 온당하게 기억되지 못한 그것은 우리에게 상징적 거리를 허락하지 않는다. 불안은 결코 길들여지지 않는다. 억압되고 부인된 불안 속에서 세계는 끝내 지금의 모습으로 남아 파국을 향해 달려가게 된다.

과거로부터 승리해온 이 세계를 지탱하는 진화론적 시간 구조 속에 다른 길은 없다. "바람에라도 날아가지 말라고 꼭 잊지 않겠다고/찾아갈 때마다 꼬박꼬박 돌멩이를 쌓아놓"(「돌멩이」)아도 "영혼이 있다면 영혼까지 철근 콘크리트일"이 시간 속에서는 어느새 치워져버리고 만다. 그러나 다른 삶이 불가능한 것은 아니다. 이 세계는 우리의 망각을 통해 스스로를 유지하는바, 다른 삶의 가능성은 저들을 기억하는 데서부터 시작된다. 치워져버린다 해도 우리는 계속해서 돌멩이를 쌓아야 한다. 저들은 망각 속에서가 아니라 우리의 기억 속에서 돌아와야 한다. 살아 있는 자는 제자리를 찾아야 하며, 망자는 온당하게 애도되어야 한다. 함명춘의 시가 실종된 자들의 이야기를 자주 다루는 이유가 여기에 있다. 그는 이 시간의 흐름 속에서 잊혀버린 물고기와 새우, 무명시인, 자살한 연극배우와 석탄이 된 광부와 같은 존재들을 우리의 기억 속에 복원해낸다. 이는 망각을 통해 갈라져 있던 우리와 그들 사이의 경계를 깨뜨리는 일이다.

온당한 기억 속에서 되돌아올 때, 그들은 더이상 우리를 불안하게 하는 괴물이 아니라 우리에게 친숙한 이웃이 된다.

시간의 흐름 속에서 잊힌 것들을 기억해내는 일은, 저들에게 제자리를 찾아주는 일일 뿐만 아니라 사막의 그것과 같은 우리 자신의 삶을 바꾸어내는 일이기도 하다.

새벽별 지면
구름 둔덕에 올라와 앉던 소
아직도 크고 맑은 눈망울을 굴리고 있으리

그 크고 맑은 눈망울 속에서
물방개와 버들치는 철없이 첨벙거리고 있으리

배롱나무가 뻗어올린 가지는
벌써 구름 둔덕에 가닿아 열매를 맺었으리
—「메기의 추억」에서

「메기의 추억」에서 회상되는 것은 분명 시간의 흐름 속에서 사라진 추억이다. 그러나 '~쓰으리'라는 종결어미를 통해 표현되는 것처럼, 함명춘은 그것이 동일한 모습으로 남아 있으리라고 믿는다. 현존하는 시간 속에는 없는 다른 어딘가에서, 그것은 우리에게 기억되기를 기다리고 있을 것이다. "한 달 한 번 마지막 주 일요일마다 찾아오겠다는"(「벽시계」), 우리가 이미 잊어버린 약속을 믿고 "한 달에 한 번, 그것도 마지막 주 일요일마다/시계 종소리"를 울리는 벽시계처럼. 우리가 할 일은 그 약속을 기억해내는 것뿐이다. 그리하여 망각을 통해 지속되는 일상을 잠시 멈추고 저들이 남아 있는 곳을 다시 찾을 때, 그것들은 우리의 불안하고 피곤한 삶 속에 휴식을 가져다줄 것이다. 변화는 기억으로부터 시작된다.

함명춘 강원도 춘천에서 태어났다. 1991년 서울신문 신
춘문예를 통해 등단했다. 시집으로 『빛을 찾아나선 나뭇
가지』가 있다.

문학동네시인선 074
무명시인
ⓒ 함명춘 2015

초판 인쇄 2015년 11월 5일
초판 발행 2015년 11월 15일

지은이 | 함명춘
펴낸이 | 염현숙
책임편집 | 김민정
디자인 | 수류산방(樹流山房)
본문 디자인 | 유현아
마케팅 | 정민호 나해진 이동엽
온라인 마케팅 | 김희숙 김상만 한수진 이천희
제작 | 강신은 김동욱 임현식
제작처 | 영신사(인쇄) 경원문화사(제본)

펴낸곳 | (주)문학동네
출판등록 | 1993년 10월 22일 제406-2003-000045호
주소 | 413-120 경기도 파주시 회동길 210
전자우편 | editor@munhak.com
대표전화 | 031) 955-8888
팩스 | 031) 955-8855
문의전화 | 031) 955-8890(마케팅), 031) 955-8861(편집)
문학동네카페 | http://cafe.naver.com/mhdn

ISBN 978-89-546-3746-6 03810
값 | 8,000원

www.munhak.com

문학동네